生活之美，折射内心爱的温度。

风从故乡来

李颖　著

黄河出版传媒集团
阳　光　出　版　社

图书在版编目（CIP）数据

风从故乡来 / 李颖著. -- 银川：阳光出版社，2021.6
ISBN 978-7-5525-5958-3

Ⅰ. ①风… Ⅱ. ①李… Ⅲ. ①散文集－中国－当代 Ⅳ. ①I267

中国版本图书馆CIP数据核字(2021)第109729号

风从故乡来　　李颖 著

责任编辑　李媛媛
封面设计　圣立文化
责任印制　岳建宁

黄河出版传媒集团
阳光出版社　出版发行

出 版 人　薛文斌
地　　址　宁夏银川市北京东路139号出版大厦（750001）
网　　址　http：//www.ygchbs.com
网上书店　http：//shop129132959.taobao.com
电子信箱　yangguangchubanshe@163.com
邮购电话　0951-5014139
经　　销　全国新华书店
印刷装订　四川立杨彩色印务有限公司
印刷委托书号　（宁）0020894

开　　本　710 mm × 1000 mm　1/16
印　　张　12.5
字　　数　150千字
版　　次　2021年6月第1版
印　　次　2021年6月第1次印刷
书　　号　ISBN 978-7-5525-5958-3
定　　价　55.00元

原生态歌手的清辞丽曲

何永康

南部县的一位作家朋友，推荐给我一部即将出版的散文集，要我给写个序言，说你这些年一直在写散文，这差事你不干谁干？朋友扶掖新人其情可感，让我找不出理由推诿。

集子的作者是南部县一位小学女教师，业余从事文学写作，名叫李颖。李颖我不认识，但在报刊上也曾读到过她的诗歌、散文，依稀有一些印象。这是我第一次给不认识的作者写序。其实，不认识作者也好，只能通过读文章去认识，这样或许更客观，不会掺杂任何人际因素。当然，也就要求我必须用心地阅读书稿。这可真的就是让作者用作品说话，而我当然也就只能凭读作品与之对话。虽然我也可以像某些时间和笔墨都十分宝贵的"名家"那样作序，说点大而化之的、不着边际的、游离作品本身的且带普遍"真理"的空话，但我的确于心不忍：不忍心让虔诚的基层写作者因我的疏懒、敷衍失望，更不忍心浪费出书不易的作者几个宝贵的页码。

我开始认真读李颖的文字，在三月几个春寒料峭的夜晚。

按习惯，我先浏览了篇目。说实话，这些篇目并没给我特别的惊喜，作者写的大都是些寻常的生活经历、普通的情感表达和所见所闻的记录与思辨。凭借多年阅读经验推断，这样的题材一般来说不容易出彩，也不容易激发人的阅读兴趣。我多少有点为作者担心。

然而，当我鼠标滑向正文，便感觉到有一股清新的风轻柔地从面前掠过。我在第一页就看到了这样的文字——“漫山的绿叶露出崭新的容颜，在阳光的爱抚下熠熠发光。翠绿的生命在叶间荡漾，每一片树叶就是一个鲜活的生命在跳跃，我的心尖跟着微颤。每一片绿叶都掩饰不住她的娇羞柔软，我的心泛起柔情万千……湖面金光微漾，小鱼追着阳光搅扰了一池春水的遐想。阳光像一把筛子洒落如丝的柔情，赶走残冬的荒凉与冷漠，大地浸润在她温情的怀抱……”这是一篇写阳光的文章，通过对四季不同的阳光的感知，表达了对光照的感恩与眷恋。写得颇有文采且情绪饱满。

接下来我在《桂花》一文中，读到这样的段落：“九月像一位丰腴的少妇，迈着优雅、端庄的脚步，款款而来。微风送来她满身的体香，浑然一体的黄让她散发出成熟与魅力，举手投足间，深深拨动着人的心弦。真想与她来一次亲密的接触，从而走进她丰满的内心世界。”拟人化的写作手法并不鲜见，鲜见的是，能写得如此轻盈与曼妙。

“枯黄的草地，见证着四季的轮回，亦如人生的变迁，也为春的到来积蓄着力量。坐在草地上，享受着它的柔软。泥土的清香直击肺腑，如母亲般厚重的手抚摸着，她无私的情怀让我热爱的情愫迅速在心底蔓延。与大自然融为一体的和谐、幽远和舒适，是那么美妙和纯粹，激动如涟漪划过心尖。我想在草地上呐喊、狂奔、去歌唱，呐喊出内心的萌动，歌唱出生命的奇迹。”（《与春天同行》）多么活泼灵动的文字！作者在寻常的乡村景物中，发掘出了不同凡俗的诗意，还有对生活的澎湃激情。

我饶有兴趣地继续读下去，慢慢地，居然有了一种久违的阅读快感，也有了一种久违的诗性的触动。当我把书稿读完，感受与体会不断地叠加成一种浓重的情绪，便有了说话的冲动。

故乡赋予人的乡情与乡愁，是很多人一生都解不开的心结，也是作者笔下永恒的主题。这一点，在李颖的这本集子中体现得尤为突出。收入的四十篇文章，绝大多数都是在写她的故乡南部，这在别的文集中是很少见的，因为这非常冒险，冒题材单一的风险，也要冒情感表达雷同的风险，更要冒给读者带来阅读疲劳的风险。好在李颖笔下涉及的故乡题材，都是她自己的亲身经历与真切感知，且经过了过滤与筛选。这也十分贴切于书名——《风从故乡来》。风从故乡来，故乡的风一次次吹开作者的心扉，一次次开启作者的思维，当然也就一次次调动起了作者表达的欲望。

集中笔力写故乡，我以为是作者安妥心灵的需要，抚慰倦躯的需要，宣泄情绪的需要，因为故乡是她一生的“情感依托和生命源泉”。不管是率性为之还是有意为之，体现的都是作者自己的意志，其目的就是追求一种文本价值——记录的价值、抒情的价值、思考的价值。当然，这一切皆是受作者对故乡深沉的情感、炽热的情怀支配的，所以她才能将这一基点贯穿始终，形成一条主线和一个内核。

亲情是乡愁的载体，亲人则是故乡的代名词。作者用了大量回忆性笔墨，讲述她的亲人们的故事。其中分量最重的我以为是《忆母亲》，这应该是作者含着泪水写成的。一个农村妇女在不公正的命运面前，没有怨气、怒气与戾气，而是坦然面对并努力去改变命运业已偏斜的走向，竭力活出自己应有的价值——一个集勤劳、坚韧、宽容、慈爱于一身的普通劳动女性的生命价值。

故乡其实就是家园，家园即使再偏僻再贫困，在游子心中也是曾经的乐园，总是有很多事物值得留恋与咀嚼。譬如《乡戏》《四合院》《年味》等篇，就写出作者对故乡风情风物的反刍与回甘，故乡也因此增加了历史感和立体感。

亲情乡情散文这些年不大受待见，大概是空泛、虚假、矫情之作太泛滥的缘故。而这些弊端，李颖都较好地予以规避。除此之外，作者还写了不少游记和领悟人生、事业、爱情真谛的随笔，亦有可圈可点之处，但限于篇幅，就不一一赘述了。

当今的散文写作，山头林立，流派纷呈，实可谓“乱花渐欲迷人眼”。在读了太多的“大散文”“长散文”“文化散文”“非虚构散文”以及与小说杂交的散文之后，不免会因理念繁复而莫衷一是，难辨良莠。而太多的吊书袋，太多的考据，也致使意向杂芜，枝蔓参差，审美疲劳和知识挤压常常使人产生阅读排斥。在这样的状态下，读到李颖这样的散文，便会感到十分的轻松愉快。

李颖的散文写作，沿袭了传统散文写作的路径，受传统名篇的影响痕迹一目了然。或许，她并没有刻意去思考散文写作的文本意义与风格构建，而是完全尊重自己的内心，顺应写作思维的惯性。因此她写得得心应手，写得朴实自然，写得单纯畅快。这恰恰在无意间形成了她的个人风格——山风一样的清新，原生态一样的朴素。

这应该是李颖的处女作。作为一个长期生活、工作在基层的业余作者，或许是受个人经历、阅读视界、写作经验、思维向度的诸多局限，她的散文存在的不足也是显而易见的。但我仍乐意写出上述文字为之张目、鼓气。同时，我也希望她能够在写作题材的拓展、手段的提升、思想的张力等方面再下一些功夫，写出更好的文章来。正如她自己在《后记》中说的那样，让清新之风能越吹越远，吹向人间遍地开花！

（何永康，作家、诗人。现任四川省南充市文联主席，系中国作家协会会员、四川省作家协会散文委员会委员、第九届“四川文学奖”散文评委。）

目录 contents

第一辑 与春天同行

第二辑 母爱流淌成歌

第三辑　静待花开

第四辑　那边风景独好

第一辑

与春天同行

拥抱阳光

听母亲讲，小时候，我特别喜欢煤油灯发出的光亮，一见到光就兴奋不已，柔弱的煤油灯把我的小脸蛋照得红彤彤的。面对跳跃的微光，我还会伸手去抓，常常痛得我哇哇大叫。我想，那时，我一定开始敬畏这灼灼的光亮了，以致我一见到阳光就兴奋得如黄鹂啾啾，绕着母亲喧闹。

长大后，对阳光的依恋如少女怀春的渴望。春天的光芒如少女矜持的目光，她柔情似水、明艳而生动，大地在她怀抱里绚烂多姿。漫山的绿叶露出崭新的容颜，在阳光的爱抚下熠熠发光。翠绿的生命在叶间荡漾，每一片树叶就是一个鲜活的生命在跳跃，我的心尖跟着微颤。每一片绿叶都掩饰不住她的娇羞柔软，我的心泛起柔情万千。阳光亲吻着花草，那桃红梨白的容颜，仿佛女孩凝脂的脸，忍不住想温柔地爱抚。天地的灵气与通透聚集在这山水间，阳光透过枝头仿佛与花草捉迷藏，不然那笑颜怎会如此动人？“桃之夭夭，灼灼其华。”带着朦胧的遐想，带着这份现实的温暖，内心喜不自胜。湖面金光微漾，小鱼追着阳光搅扰了一池春水的遐想。阳光像一把筛子洒落如丝的柔情，赶走残冬的荒凉与冷漠，大地浸润在她温情的怀抱。我真想摘一朵春天的阳光制成书签，让墨香浸润，让温暖入怀。春天的阳光让我振奋激昂，新的希望在心里升腾环绕。

夏天，骄阳释放出炙热与奔放，见了谁都忍不住扑上去，完全没有少女该有的模样。弄得人精神紧张，大汗淋漓后她才发出舒心的黠笑。花儿在她的激情中烧干了水分，粉嫩的小脸被揉得面目全非；树木羞答答地收起青春的面庞，怕承受不住她火热的心房；胆小的人们躲着她走，趁她玩累了，才活跃在田间地头。我却喜欢她的奔放：下河摸鱼，上树掏鸟，草地上玩耍，纵情如脱缰的野马；在小河里游泳，与鱼儿嬉戏，搅得河水激情飞扬，一跃老高。太阳也来助威，给河水穿上银色的衣裳。我们披着一身金光，在酣畅中淋漓，清清爽爽自在地成长。我常常把夏天珍藏，挥洒着青春的热情，怀揣着昔日的美好。

秋天的阳光格外明艳、静美，仿佛给大地穿上了金黄的外套，她的眷顾让大地锦上添花、活色生香。桂花的芳香浸润着灵魂，直达肺腑，天地间的空虚被充盈，我循着她的芳香恣意前行。阳光洒在金黄的落叶上，迷离而辉煌。那上下翻飞的黄叶、红枫，如蝴蝶飞舞，招惹了心的诗意，目送落叶归根的豪迈，温暖而激昂。阳光轻抚着丰润的果实，和她们说着深情的悄悄话。让一个个小心脏激动满怀，小脸蛋黄得更黄、红得更红，闪烁着羞涩和兴奋的光芒，真是“巧笑倩兮，美目盼兮”。我迫不及待地品尝着各色水果，在痛快淋漓中酣畅。沐浴着阳光，体会秋的沉稳和丰腴，所有的失落、惆怅都被这厚重的秋色感染并遗忘。

冬日的暖阳如雪中送炭、久渴逢甘露，让萧瑟的心逐渐复苏欢畅。她带着和蔼可亲的暖意，发出兰花般的幽香，给予万物软酥酥的抚慰。阳光透过淡薄的云层，白茫茫的大地像幕布一样拉开，城市渐渐行走在金色的阳光下。阳光从密密的树叶缝隙间射下来，形成粗粗细细的光束，披着如轻纱般薄雾的林荫被照得通亮。阳光在湖面泛起点点金光，河水宛如一条金带飘向远方。阳光照进我的书房，照亮了每个角落甚至我的心房，吞噬了心中所有的阴霾，一切变得透明而美好。

阳光啊！你无私的明亮让大地光芒闪耀，黑暗被驱逐远方；你慈爱的温暖，是滋生万物的温床，让我们拥有蓬勃的力量；你豁达的乐观，让我们豪情万丈，跟随你的步伐，同灿烂的光明赛跑……

樱　花

阳春三月，阆中滕王阁的樱花开了。满眼的樱花灿烂热烈，我激动的心一下被点燃。一说到樱花，就会想到日本，樱花是日本人的骄傲，是勤劳、勇敢、智慧的象征。去日本看樱花是很多人的梦想，据说日本的樱花很美，铺天盖地，到处都是。不承想这个愿望在家门口实现，着实令人意外和吃惊。

其实日本并不是樱花的发源地，我国关于樱花的历史已经有两千多年。从唐朝诗人白居易的“小园新种红樱树，闲绕花枝便当游”可以看出，唐朝时，樱花已普遍出现在私家庭院。当时万国来朝，日本使者将她带回东瀛，她在日本已有一千多年的历史。樱花最开始是洁白的，后来经过精心培育，便有了很多种颜色，红色的樱花还有很多美丽的传说。不管是中国的樱花还是日本的樱花，对我来说都不重要，我看重的是樱花的美丽和高贵品质。

三月，樱花正浓。漫步其间，枝头繁花似锦，花开热烈，犹如徜徉在花海。一树树樱花密密麻麻很是茂密，仅一条枝干上就有几十朵。那些花成伞状花序，花瓣先端缺刻，花色多为白色和粉色。满树洁白的花儿，在阳光的照射下，闪烁着耀眼的光芒。那洁白得不含一点杂质的大自然的尤物，让我顿生爱恋之情。一朵朵白色的花瓣犹如少女凝脂的脸，清新脱俗，使人忍不住深情地抚摸。一丛丛、一簇簇花儿在枝头或窃窃私语，或嬉戏打闹，美艳动人，妙趣横生。

那红色的花儿，如火焰、如朝霞，染红了春的思绪，让心房跳动着火样的情韵。那红与黄的花蕊，如根根丝线紧密相连，亦如少女彩色的发梢，给花注入美的动感。微风徐来，或红或白的花儿轻漾着，如白色的浪涛起伏不平，如粉红的丝绸柔柔而动，美艳了时光。上下翻飞的花瓣，像少女优雅的舞姿，轻柔柔地旋转着、旋转着，柔柔地融入大地的怀抱，也柔了景中人的眼睛和心灵。我情不自禁地对她生出一些爱怜，想要挽留，带着万分的不舍与敬佩，为她边开边落的悲壮和豪情。

漫步树下，花瓣漫天飞舞，我仿佛看到飞蛾扑火追求光明的悲壮；刘胡兰走向铡刀的从容；祝英台义无反顾化为蝴蝶追求爱情的可歌可泣。翩翩飞花，犹如只只彩蝶在头顶萦绕，那淡雅的清新穿过肺腑，深深地吸一口，仿佛置身于仙境中。此时，我就是那飞越枝头的仙子，也轻歌曼舞起来。

我对花说不上特别痴迷，但对樱花却生出别样的情愫，为她热烈、纯洁和高贵的气魄和品质折服。樱花是无私的，她们团结一致，花开花落尽显力量；她们顽强、不矫揉造作，具有人的真性情，要开就开得完完全全、通通透透，不孤单、不落俗套，把美展现得淋漓尽致，落也落得从从容容、彻彻底底，绝不拖泥带水。

我爱樱花，爱她纵然只有短短半个月的花期，却留下了许多精彩的瞬间，点燃了生命的绝唱。她们在边开边谢中完成花的使命，绝无半点怨言。正如我们的一生，虽然在历史的长河里不过百年，也要在有限的生命里，完成一次怒放！

与春天同行

宅家隔离近一月，决定出去走走，心情如出笼的鸟儿般欢畅。

广场空旷冷寂，尽管天空还是阴沉沉的，仿佛一张灰白色的厚布压在头顶。大地像无形的罩子，把我的身体收拢，几十米之外还是朦朦胧胧一片。而风是自由的，吹在脸上如夏日烦闷里的清凉，从头到脚，乃至心里，惬意顿生。风带着自由、任性、放荡不羁的快乐，直扑我全身，头发迎合着她，载歌载舞。这世界、这花草、这一人一物都是风的臣民，都甘心俯首听命。他许久未在人前展示自己的魅力，今天要把所有积蓄的、压抑的、希望的、执着的心情都展现出来，亦如久困的我。我仰着头，深深地吮吸着，想要把久违的新鲜吸入肺腑、灵魂，充盈全身，把身体污浊的、肮脏的、自私的部分，甚至邪恶统统排泄出来。

枯黄的草地，见证着四季的轮回，亦如人生的变迁，也为春的到来积蓄着力量。坐在草地上，享受着它的柔软。泥土的清香直击肺腑，如母亲厚重的手抚摸着，她无私的情怀让我热爱的情愫迅速在心底蔓延。与大自然融为一体的和谐、幽远和舒适，是那么美妙和纯粹，激动如涟漪划过心尖。我想在草地上呐喊、狂奔、歌唱，呐喊出内心的萌动，歌唱出生命的奇迹。

树木中隐约看得见的嫩绿、鹅黄和朱红，生动得如婴儿的肌肤，生命的鲜活昭然若揭，忍不住想深情地抚慰。一切失落的情愫荡然无存，生命的信念被激活，跟随心儿跳出来。早开的玉兰，让人眼前一亮。一阵浓郁的芳香扑鼻而来，心情格外舒畅。快乐像发酵一样，心儿即将跳出胸膛，病毒带来的阴影烟消云散。那洁白得不带一点杂质的花儿，让我不忍心直视，带着罪恶感，生怕玷污了她的优雅高洁。凝视着那如少女凝脂般的花朵，心中顿生爱怜。一大片一大片展现出绰约的风姿，一丛丛，一朵朵是那么灿烈。如一群身着洁白衣裳的仙子，在枝头曼妙轻舞、嬉笑打闹，展现出生命的精彩。真是“绰约新妆玉有辉，素娥千队雪成围”啊！看着，忽然觉得自己也轻歌曼舞起来。静默的大树，认真审视着过往行人，眼神中有了欣喜和疼爱，对久违的他们致以虔诚的恭敬。一群飞鸟叽叽掠过头顶，也许它们和我一样，许久都没有享受到自由飞翔的畅快了。望着它们欣然离去，留下独自羡慕的我。行色匆匆的行人，口罩下的眼神掩饰不住内心的渴望和怡然，这一切证明活着的真实和美好。

历经冬的肆虐，花草依然容颜不改，那鹅黄、嫩绿就是最好的表白。尽管大自然鲜花不常盛开，也会有枯草和芽孢。正如人生，有热烈也有平淡，有和风也有苦雨，这都是生命的色彩。亦如这次面对疫情的摧残，我们迎风雨而坚定。玉兰花已经怒放，我们已经大步行走在春天的路上。

桂　花

九月像一位丰腴的少妇，迈着优雅、端庄的脚步，款款而来。微风送来她满身的体香，浑然一体的黄让她散发出成熟与魅力，举手投足间，深深拨动着人的心弦。真想与她来一次亲密的接触，从而走进她丰满的内心世界。她轻挪款步，所到之处，便留下了意蕴深远的咏叹。桂花在她的深情里，点燃了秋的思索。

漫步桂花树下，浓郁的芳香扑面而来，让人心旷神怡。我情不自禁地对她肃然起敬，眼睛追随着她的倩影移动。那翠绿的树冠像巨大的绿伞，遮天蔽日。每一片叶子都努力向外、向上，展示出昂扬的斗志。每一片叶子，都绿得生动，明亮着我的眼睛，让人顿生出激动与奋发的豪情。那或白或黄的花，既富有情趣又不落俗套。桂花分金桂、银桂、丹桂等，它们千姿百态，色彩斑斓。金桂的花很小，像米粒大，一丛丛小花在绿叶间格外娇小玲珑。单层的花瓣十分俏丽，一组组小花组成花序，花序少的有八九朵，多的有十几朵。鹅黄的金桂，堆得满树都是，热闹非凡。白色的银桂，像害羞的小姑娘在绿叶中捉迷藏，朦胧而雅致，让人迫不及待地想走近她，一睹她的庐山真面目。金黄的丹桂如挂在绿叶下一大串一大串红玛瑙，热情而富有。浓郁的芳香充盈天地间，所有的虚幻、贫瘠与孤寂都变得真实而饱满。丝丝缕缕的情愫，从鼻腔，慢慢扩散，浸润肺腑，在心灵最深处幻化成温暖、感动与惊喜。深深地吸一口，除了新鲜还是新鲜，内心极度畅快和满足。

每到金秋时节，繁花满枝，清香四溢，真是飘香十里。在秋风肆虐中，桂花便完成了怒放，完成了生命的轮回。她随风起舞，徐徐下落，绝无半点留恋和感伤。点点金黄，像洒落大地的碎金，仿佛馈赠给大地的一份厚礼。即便被风雨无情地敲打，被狂风肆虐地揉弄，她仍然初衷不改。即使化作尘土，芳香依然如故。望着眼前平凡而雅致的桂花，我脱口而出吟诵起一首诗来：

桂花吟

路边桂花千万株，香飘万里行人驻。
风吹雨打自飘零，任人践踏香如故。

家乡的竹

“宁可食无肉，不可居无竹。”在我的老家，家家户户门前屋后，都生长着一片片竹林，满山遍野郁郁葱葱，像一把把遮天蔽日的华盖，煞是好看。竹林里撒满我们的欢歌笑语，留下了许多童年的剪影，她伴着我走过四季如诗如画的时光。

一场春雨过后，万物开始复苏，各色花草竞相展示自己亮丽的容颜。小笋芽也从土里探出小脑袋来凑热闹。你瞧，刚冒出的尖尖的头，像小孩子的手指，浅棕色的身子毛茸茸的。一个个小笋芽或长或短，她们铆足了劲往上蹿，希望能挣脱大地母亲的怀抱。此时的竹林到处都是星星点点嫩黄色的“小宝塔”和巨大的“陀螺”，真是妙趣横生。在阳光雨露的爱抚下，小竹笋终于挣脱了妈妈的怀抱，她惊呼起来：“外面的世界多美呀！”她惬意地舒展着嫩绿的枝条，轻盈地随风律动着柔软的腰肢。那鲜绿的竹叶，苍翠欲滴，明艳而生动，催人奋进。看着她，我们流连忘返，醉在明媚的春光里。

多姿多彩的夏季里，竹林与我们结下不解之缘。炎热的午后，一根根粗壮的竹子挺拔着，笑盈盈地张开绿色的怀抱迎接我们。我们在她怀抱里捉迷藏，尽管蒙住了双眼，但是绝不担心摔倒。她们肩并肩，形成了天然绿色的屏障，我们拉着她的手备感安全和踏实。小伙伴在竹林穿梭，无论怎样努力也捉不到彼此，希望和侥幸在心头萦绕，笑声在林间翻飞，惊得麻雀仓皇逃跑。玩累了，竹林是我们天然的床，地面早已被竹笆笆得一尘不染。躺在下面，凉凉的，泥土的清香扑面而来。极目远眺，蓝天像一匹大缎子，严严实实遮住了整个天空，大朵的白云像洁白的花朵，点缀在蓝色的绸缎上，明艳而生动。小鸟在天空轻盈翻飞，此刻，听着大自然的鸟叫虫鸣，太阳烤在身上暖烘烘的，饥饿和疲劳一扫而光，生活艰辛带来的不快随白云越飘越远，欢歌笑语在竹林间回荡。

秋天在桂花的芳香中如约而至。秋风肆虐中，草木怯怯褪去华美的服饰，悄然归隐。豁然间，一根根竹子穿着四季不变的绿衣，傲然挺立在秋风中。如藕节一般的竹竿，一排排、一行行，直直细细，直插云霄，闪着碧玉般的莹绿，身上泛着点点耀眼的光芒。微风一吹，竹枝随风起舞，发出轻快的沙沙声，给沉寂的大自然注入了特别的音韵和活力。竹不仅给人们带来美的享受，还为我们奉献出她全身。我们把竹竿砍下来晒干，准备冬天烤火用；竹叶常常把我们的小背篓装得满满的，收获的快乐在心间蔓延；竹子们忍痛割爱，把自己的孩子——竹笋，也毫不吝啬地奉献出来。我们把竹笋挖回来，用清水煮一煮，再拌点作料，吃起来又嫩又脆。在那食不果腹的年代，这可谓是别致的美味。她既可口又养生，至今都让人回味无穷。竹子全身都是宝，她既可以食用，又可以做药引，还可以观赏，甚至可以制成家用品和工艺品。多可爱的竹子呀，对人无所求，给人的却是最好的东西！

送走了五谷丰登的秋天，雪花飞舞的冬天到了。大地显得毫无生气，群山萧索、百树凋零，凝固成一副死气沉沉的画面，心情很是失落。蓦然，一丛丛竹林跃入眼帘，使人精神为之振奋。她们挺立在一片白茫茫的世界里，绿得那么灿烂、那么耀眼，像沙漠里的一片绿洲，带给人希望和梦想。寒风呼啸着，树木东倒西歪，但是一根根竹子却精神抖擞地挺立着，在寒风中摇晃着枝叶，发出尖利刺耳的呼啸，好像是对冬天发出轻蔑的吼叫。“千磨万击还坚韧，任尔东西南北风”正是她的写照。在寒冷刺骨的日子里，在农村，既无多余的煤也无暖气，挨饥受冻是再平常不过的事儿，但勤劳、坚韧的乡亲们默默忍受着，他们不正是风霜雨雪中傲立的竹吗？不知何时，一盆熊熊燃烧的火焰旁人头攒动，一张张笑脸如花儿绽放，噼噼啪啪的响声是那样悦耳动听。那是竹发出的会心的笑声，她带给我们无尽的温暖和感动：燃烧自己，温暖别人。竹子温暖、激励着家乡人民勇敢、坚强和乐观奋进！

家乡的竹，你永远在我心中生根、挺拔！

秋之吟

“自古逢秋悲寂寥，我言秋日胜春朝。晴空一鹤排云上，便引诗情到碧霄。”刘禹锡的《秋词》，写出了诗人激越向上的诗情。文人墨客眼中的秋天大多充满诗情画意，在我们这些凡夫俗子的眼里，多少有些萧瑟、孤寂，对这句诗的理解也不甚深刻。但今天，我深深体会到秋的厚重与多彩。

一个阳光灿烂的午后，漫步山野，满眼飘飞的桂花，犹如金黄的彩蝶翩跹起舞，地上堆积着一层黄色的花瓣，像金子，点燃了秋的色彩。桂花浓郁的馨香充盈天地，所有的虚幻和孤寂都变得饱满而生动，丝丝缕缕的情愫，从鼻腔慢慢扩散，浸润肺腑，在灵魂深处幻化成温暖、感动和惊喜。深深地吸一口，所有的美好如真空玻璃瓶里的花朵，除了新鲜还是新鲜，内心极度畅快和满足。充斥天地间的浓郁的芳香，让人感到梦幻迷离，一切都那么宁静而旷远。

秋天的果园更是热闹非凡：挂满枝头的柿子，金黄的外表饱满圆润，我仿佛看到甜美的汁液呼之欲出，看着就让人馋涎欲滴，吃到嘴里香甜而滑润；又大又圆的香柚如金色的圆球镶嵌在翠绿的大伞下，闪亮着我们的眼球，勾引着我们的味觉器官；一个个又大又红的苹果如小女孩红通通的脸蛋，躲在绿叶下捉迷藏，更像一朵朵红云飘落在枝头；那各色的葡萄，如闪亮的珍珠、宝石、玛瑙，又像圆溜溜的小球儿，一串串、一簇簇，缀满枝头，热闹非凡；还有我最喜欢吃的石榴，在太阳的映照下，透明发亮，如同翡翠雕刻成，有的石榴还咧开嘴笑了，果园里到处流光溢彩。秋天就像一个大大的调色盘，给枝头涂满了红、黄、紫、橙等五彩斑斓的颜色，大地像一幅生动的画卷。放眼望去，真是美不胜收。各色水果慵懒地挂在枝头，醉了行人的笑面，更增添了秋的丰硕与沉稳。

不光美味的水果让人心生喜爱，那似火的红叶，明亮着我的眼睛，让人心情振奋、热血沸腾。片片红叶，随风飞舞，舞出秋的姿态，舞出生命的真实与真谛，如霞、如火、如血。看着它，我居然有落叶归根的豪迈！不悲怜、不妥协，随风而下，展现出最美的风姿。那银杏树叶黄得大气、富贵、高傲与生动，透过它，我读懂了秋的沉稳与内敛、丰腴和沉静！不炫耀、不奢华，却让人一见倾心，为之动容！我曾为春的生动与活力而赞美它；为夏的热情和奔放而喜欢它；为秋的萧瑟而轻视它。今天，我是如此强烈地喜欢它，喜欢它的沉稳与内敛、丰腴而多情。

我俯下身，从地上拾起一片片金黄的银杏叶，神情是那么专注，像对待一位久违的朋友，内心充满亲切与感激。回到家，我小心翼翼地把它放在手心。捧着它，我读懂了秋的厚重！我把它放进书里，让它浸润在一片书香里，朝朝暮暮、暮暮朝朝地陪伴着我，去领略它更多的华彩。

光影下的北湖

夜色下的南充北湖公园，一改白日里的热闹与喧嚣，如矜持的少女，宁静而羞涩，活泼而雅致，带给人虔诚的期盼与向往。

一眼望去，夜色中的北湖，在灯光的照射下，若隐若现，梦幻迷离。橙红的、翠绿的、淡紫的、银白的灯光交相辉映，色彩缤纷。像调色师精心给树木、花朵、湖水、亭台楼阁涂抹上各种色彩，形成很多彩色的板块，温暖而炫目。各色灯光错落有致，这边刚灭，那边便出其不意地跟着明亮起来，绝不唐突，无拥挤和复杂的凌乱，更无俗气和哗众取宠的娇媚。灯光柔和、温暖、大气而奢华，细腻生动，恰到好处，凸显匠心。漫步其间，仿佛行走在光的世界，灯的海洋。此时，北湖呈现出少有的辉煌、大气、富有和活力四射。一间间仿古楼台，在灯光的照耀下，金碧辉煌，栩栩如生，像宫廷美女，温婉端庄、优雅大气地静坐在水边。徜徉其间，犹如穿越在帝王将相府邸，历史的厚重感扑面而来，自豪与喜悦之情油然而生。远处，几片竹林，郁葱葱、阴森森的，似乎藏着无边的黑暗，让它多了一份沉寂与神秘。水边突出的亭台楼阁，花草繁茂，依偎在水边。游人倚着长椅，静享夜的宁静，灯的富有，与大自然融为一体的惬意满怀。

灯光照在水里上，水面波光粼粼，鲜明而生动。灯光变幻无穷，水面五彩缤纷。像红色的绸缎，光洁细腻，柔柔而动，与远处的静水形成鲜明的对比，更加美艳夺目；如橙色的云霞，浪漫而多情；像紫色的烟雾，迷蒙而深远；像洁白的云海……层层光影像波纹缓缓推进，一层叠加在另一层上，妙趣横生，让水有了动感与灵性。水面富丽堂皇，湖边的垂柳，在水里摇曳生辉，如美人的手臂，交互缠绕着、摇曳着，纤细而柔美。火红的桃花在灯光映照下，像燃烧的火，像天边的霞，热闹非凡；像飞跃枝头的红衣少女，她们挨挨挤挤，嘻嘻哈哈，甚是亲密。“桃之夭夭，灼灼其华。”让人带着朦胧的遐想。洁白的梨花，像少女白如凝脂的脸；像洁白的云朵跌落枝头。到处都是“火树银花不夜天”的大气与热烈，光与影、明与暗、深与浅、炫与酷，在夜色里是那么醒目、温暖、富有。灯光透过树梢，天空显得异常冷寂、高远和神秘莫测，让人望而生畏，真是一个世界两重天啊。

亭台楼阁倒映在水中，如海市蜃楼般美丽、缥缈。想要走近，却欲达不成。那份无奈与不舍，如理想与现实的渴求与残酷。九孔桥在夜色中格外醒目，从侧面看，桥身像少女的眉毛，弯弯细细的，桥洞上有九个紧密相连的圆洞与桥身浑然一体。它的倒影映照在碧绿的水中，在水面形成一个完整的椭圆，像少女的眼睛，让人一见倾心，真如“一双瞳仁剪秋水”啊。湖面绿得湛蓝，纯粹，不含一点杂质，仿佛用绿色颜料精心染制而成。又像给水面铺了一层薄薄的绿绸缎，在灯光闪烁中，柔柔地律动着，连周围的树木花草都温柔起来。岸边，张澜的雕塑在一片翠竹掩映下格外庄重、肃穆。远处灯火闪烁，他深邃的目光穿过历史的硝烟，停留在这灯光水影中，眼神里多了许多惊喜与惬意。望着他，我读懂了北湖的艰辛与不易，历史与未来。

喷泉灯，是北湖夜的灵魂。随着音乐声起，四组喷泉交替喷涌。漫天的水雾扑面而来，像雾、像霞、像烟、像天女散花。四组喷泉，争相竞美：像巨型莲花，在舒缓的音乐声中，徐徐舒展花蕾，如少女羞涩的脸蛋。我贪婪地盯着她，遐想联翩。像千万只舞女的手臂轻盈地左右摆动，洁白而柔美，我的心也跟着柔柔而动；像万千水柱，它们铆足劲使劲向上冒，向上冒，展现出无比的热情与活力；像条条水蛇，灵活地扭动腰肢，随音乐轻歌曼舞，动感十足。湖面水雾缭绕，如烟如雾。灯光闪烁，如梦如幻。这是人文、景观、科技与艺术的多维立体技术并驾齐驱，是水与科技的完美结合，展现出动感的光影世界的神奇与魅力。律动的水韵，把“水上花园，丝路花语”的主题演绎得完美无瑕。勤劳的南充人民，用自己的方式，深情讲述着南充人民自己的故事。

北湖，你是变幻的美，你是理想与现实的完美结合。你从远古走来，抖落历史的沧桑，抖落贫穷与孤寂，在人们的期盼中，迎来了华丽大转身。你的多情与深邃、温柔与浪漫，让人痴迷并沉醉。你是夜的精灵，你是人们心中不灭的灯塔，照耀着人们大踏步走向光明的未来。

初　春

我信步来到政府广场，天阴沉沉的，天气乍暖还寒。风吹在脸上，凉飕飕的，让人多了一份清醒与自在。太阳躲在浅灰色的云层下，羞涩而沉静。一会儿，她俏皮地从云层里露出月牙般的笑脸，天空便有了几丝光亮。转眼间，一张圆形的大脸像被人推着，亦步亦趋地行走着，天空顿时明亮起来，颜色由灰白变成浅蓝，一会儿便变成深蓝。白色的云朵像一块块巧克力，均匀地镶嵌在天空。蓝天不停地把它浸染，一会儿整个天空便被染成纯净的湛蓝。蓝得不含一点杂质，我的心也跟着明朗起来。天空变得异常高远、深邃、博大，像一幅巨大的绿色锦缎，一直铺到天边。头顶着蓝天，恣意行走在宽阔的天地。这时天地仿佛是我一个人的，我什么也可以想，什么也可以不想，觉得自己是个自由人，伟大与豪迈顿生。

一阵叽叽喳喳的鸟叫声由远而近，穿透我的鼓膜，惊醒了我的意识。抬头一望，枯树枝上栖息着一大群小鸟，像五线谱上黑色的音符。斑驳的树影清晰地投在小路上，好像一幅浓淡相宜的剪纸画。小鸟一会儿由这棵树飞到那棵树上，它们遥相呼应，呼朋引伴，喧闹不已，春色在它们的呼唤里生动起来。一会儿它们又三五一群在天空里展翘飞翔，像黑色的精灵，蓝天像一幅生动的群鸟飞翔图案。阳光终于冲出桎梏，霞光万道，万物浸润在它的怀抱里，让乍暖还寒的天气瞬间温暖起来，树木与花草也跟着温暖起来。

花坛里的桃花、梨花和迎春花，在春风里，早已捷足先登，不知什么时候已悄然怒放。她们是冲锋陷阵的卫士；是冲在春天最前沿的使者。她们义无反顾，视服从命令为天职。很多树叶才刚刚睁开惺忪的眼，花儿们已迫不及待地张开艳丽的笑脸。尽管有的树上树枝斑驳，树叶寂寥，早已繁花似锦。花直接从枝的两边长出来，错落有致，绝无拥挤和零乱。满树花开，像一树燃烧的火焰，温暖、明亮、大气。各色花儿生动、热烈、饱满，一朵朵、一团团、一簇簇，点缀在树上，连阳光也失去了色彩。她们争相完成花的使命，时节一到就毫无保留地展示自己最美的容颜。桃红梨白的花儿让春天有了暖意和色彩，有了新的希望和期盼。望着满树灿烂的花儿，我忽然想到了自己：我们也应该如一棵树，一枝花，也有岁月的使命。活着就要好好地活，好好工作，为自己、为家人、为社会。把最美的、最艳丽的姿态展示出来，才不枉来此世上走一遭。

各色树木，从枯、老的枝叶间冒出了嫩芽，像踩在父母肩上的孩子。父母的付出和努力托举，才有了他们的健康成长。黄白、嫩红、翠绿的嫩枝，新鲜明亮。像打开的一把把小降落伞，一致向上，铺在树上，让树有了生命的活力；如新生的婴儿的皮肤，细嫩软滑，让人顿生怜惜和喜爱。其实，人也应该像树木一样，不断地长新叶，开新花，把糟粕去除并不断地创新，才能趋向做一个完人。

人们在草坪上静坐，享受太阳的温暖，静听大自然的声音。广场上跳舞的人们，早已轻装上阵，脸上呈现出久违的安详与快乐。优美的舞姿，舞出生命的力量，舞出健康与快乐。

初春虽然没有姹紫嫣红、绿树成荫的艳丽与美好，但她带给人们的是实实在在的惊奇与希冀。风带着凉意直扑全身，但头脑异常清醒，心中藏着一份执念：过了今天、明天，天气会越来越暖和，日子会越来越美好。正如我们的人生，只要希望在，美好就会不期而至，不久就会大放异彩。

第二辑

母爱流淌成歌

忆母亲

一想到母亲，就会潸然泪下。这泪里有深深的遗憾和同情，还有无比的崇敬和绵绵的思念，想把这些用文字表达出来。今天，我终于提起笔，任由思念的泪水决堤而下，恣意流淌。泪眼蒙眬中，我仿佛回到与母亲度过的幸福快乐时光，写下对母亲无比的崇敬与绵绵的思念！

母亲是不幸的，她和中国千千万万劳动妇女一样受封建残余思想的毒害。20世纪30年代中期，母亲出生于一个地道的农民家庭，靠外公做棉花和凉粉生意勉强维持生活。外公外貌俊朗，身材高大，做得一手好裁缝活，做饭也是色香味俱全，家里家外都是一把好手，但是他的脾气是暴躁的。母亲的出生给还不算贫穷的家庭带来了欢乐，加之母亲天资聪明、活泼，外公外婆也曾经爱如珍宝，随着两个舅舅的出生，在那个重男轻女的年代，命运的不桀就与她结缘了。

随着孩子们的长大，家里生活捉襟见肘，原本脾气急躁的外公，在生活的重压下脾气变得更加乖张、喜怒无常。母亲一直过着胆战心惊的日子，外公常常紧握的拳头如雨点落在母亲稚嫩的头上，泪水在眼眶里打转也不敢哭。但有一次，外公的做法彻底改变了母亲的命运。一直听话、逆来顺受的母亲，在因为去上学即将迟到而破天荒地顶撞了外公一句。外公被激怒了，他几下就撕烂了母亲的书包并咆哮着、数落着外婆没有把她教育好。他拳头握得紧紧的，脸上青筋直冒，脸红得像关公，嘴里呼哧呼哧地直喘气。眼看一场暴风雨即将来临，外婆拼死护住母亲，母亲总算挨过一劫。从那以后他再也不肯让母亲读书，并说什么女子无才便是德，一直成绩很好的母亲便与读书无缘。

至今，我都能清晰地记得母亲说到当年的情景时，抑制不住地悲恸：她浑身抽搐着，牙齿紧紧地咬着下嘴唇，竭力忍住不让眼泪流出来，但两行清泪，还是流到我的脸上。她眼睛里充满了无限向往和伤感！看着伤心欲绝的母亲，我心里悲痛不已。对母亲涌起深深的同情，对外公的怨恨一直到他去世前夕才释怀。外公临终前，拉着母亲的手，流下了悔恨的眼泪，并把一部分财产留给了母亲。我常常想，如果不是外公暴躁的个性、偏激的行为，母亲凭着她的聪明能干，也许会有一个更好的前程。尽管岁月飞快流逝，所有的东西都会消失殆尽，但决定母亲一生幸福的遗憾是无法弥补的。我经常问母亲：“你恨外公吗？”母亲摇摇头，眼里全是慈爱：“这是一个时代造成的悲剧，不是他想那样做的。你们全是他帮我带大的，我对他只有感激。”我幼小的心灵忽然觉得母亲是慈爱和伟大的！她的无私和宽厚，感染和影响着我们。她常常要求我们无论是对待生活还是身边的人，都要心存善念，这是多么难能可贵的精神境界啊！

母亲又是幸运的。我始终坚信上帝是最仁慈和公正的，她为母亲关了一道门，又为她打开了一扇窗。见到父亲的那一刻，母亲不顾外公的反对，义无反顾地从场镇嫁到一个偏僻的小山村。也许是当老师的父亲温文尔雅，俊朗的外表吸引了她。父亲确实如母亲所愿，为人谦和、善良、有爱心，他能欣赏母亲的所有优点，也能包容母亲的所有缺点。生活中，他们相敬如宾，母亲也过上了想要的宁静生活。我们五兄妹在父亲爱的沐浴和熏陶下，在母亲的勤劳付出中快乐安稳地成长着。

从我记事起，母亲总是忙碌和辛苦的，永远都是早出晚归，永远都是汗流浃背，脸上永远都如抹了胭脂一样红彤彤的。两条乌黑油亮的辫子整整齐齐地扎着或者盘在头上，给人清清爽爽的感觉。她走路像一阵风，始终都是脚步匆忙。浑身有使不完的劲，永远都那么有活力，永远都像一只陀螺转个不停。

一到春天，她忙着挖田、插秧苗、翻地、种小麦。我至今都记得母亲挖田时的情景：齐膝的水打湿了她的裤子，偌大的水田，像一片汪洋把她淹没在里面，隐约可见一个人影挥动着锄头。她时而站着揉揉腰、时而弯着腰不停地挖着。母亲瘦弱的身子弯得像一张弓，脸上不知是汗水还是泥水直往下滴。从田里回来，母亲浑身上下都湿透了，身上、脸上满是泥浆，牙齿上都是泥巴，整个人像一块斑驳的蜡笔画，只看得见两只眼睛骨碌碌地转。我们既心疼她又为帮不上忙而内疚，便争着打来热水让她洗脸。母亲开心极了，满脸笑开了花，一个劲地夸我们孝顺懂事。

秋天到了，母亲更忙碌和辛苦了。我常常看到母亲弯着腰，手握锄头或镰刀，挥汗如雨。田间地头留下了她瘦弱、忙碌和疲惫的身影。收割稻子更辛苦，既要抢时间还要抢天气，如果赶上时间忙不过来，母亲就叫上哥哥姐姐去收稻谷。那时我觉得割稻子可以玩水也会去帮忙，那像刀片、像针一样锋利的稻叶，一不小心就把手臂弄得生疼。母亲心疼地叫我去玩，我只好静静地看着他们忙碌。母亲像不怕那些稻叶似的，只见她右手挥舞镰刀，左手扶着稻秆，一刀下去稻子便倒下一大片。一会儿，身后横七竖八的稻子铺在水面上，像厚厚的、金色的棉被，她瘦小的身体淹没在金色的稻浪中。汗水像下雨一样顺着她的脸颊不停地流，甚至往眼睛里钻。有时睁不开眼睛，她就撩起衣角擦擦又埋头割起来。不一会儿她全身被露水和汗水打湿透了，紫红的脸上隐约有划伤的痕迹，手背上、胳膊上全是划痕，像画家在洁白的纸上画着千万条红褐色的枯枝，看着都痛，让人心酸。我心里暗暗发誓：一定要好好读书，为母亲也为自己！

冬天到了，母亲忙着给菜地施肥。我常常看见她挑着两桶大粪，瘦小的身子弯得像一张弓，粪桶前后摇摆，像随时都会把她击倒。脸上像两片石榴花瓣飞贴在脸颊，通红通红的。豆大的汗珠直往下滴，母亲大口大口地喘着气。衣服湿透了，像刚从水里捞起来似的，瘦小的身影更加单薄，看着真让人心疼。我们常常叫她等爸爸放假回来挑，她说爸爸是脑力劳动很辛苦，何况庄稼不待人。我唯一能做的就是给母亲捶捶酸痛的背，她很开心也很满足。在我的记忆里，母亲对生活非常热爱，尽管繁重的家务和农活压得她喘不过气来，可她仍然很乐观，从未抱怨过生活的不如意。除了这些农活，母亲还要养猪、养蚕、养鸡、养鸭，白天为它们的饲料奔波，晚上还要为一家人缝缝补补。

至今我都想念母亲做的鞋。我清晰地记得母亲给我和姐姐做的花布凉鞋，既美观又舒适。那是用各色花布拼凑成的，形式和现在的凉鞋差不多。上面有母亲亲手绣的红艳艳的牡丹或者金黄的向日葵，还有各色的小动物，既美观又生动明艳。穿着它我们骄傲得像公主，走路时非常小心，生怕弄脏了它，一直穿到小学毕业。一到冬天，母亲就早早地为我们准备棉鞋。晚上，母亲先把我们安顿好，就在微弱的煤油灯下做鞋。她先拿来布照着鞋样把鞋底和鞋面弄好，然后准备糨糊（做完全家人的鞋，要用一大瓷盆糨糊）。用糨糊粘鞋面和鞋底，一双鞋要粘好几层。开始纳鞋底了，好多次我半夜醒来，都看见母亲在纳鞋底。她是那么慈祥，只见她穿针引线，动作娴熟，厚厚的鞋底在她面前好像是一块豆腐干。她纳得很轻松，偶尔会把针在头发上擦一下。时间久了，手心会出汗，她就在衣服上擦一下，再用手捶捶酸胀的腰，又开始纳。时间太久，眼睛累了，她用手揉揉眼睛再闭上一会儿又坚持着。两个晚上她就可以纳完一双鞋底。接下来就是缝合。看着崭新的棉鞋，我们心里乐滋滋、暖洋洋的。穿上它又轻便又暖和，心里升腾起对母亲无限的崇敬和感激。时间过去二十多年了，尽管现在各式各样的鞋子很美观，但我还是想念母亲做的鞋，是那么舒适和温暖，穿上它感到特别踏实。这是母亲用宝贵的休息时间换来的，那里有母亲浓浓的爱！

至今我都想念母亲做的饭。母亲忙完农活后就在厨房忙碌，那是我最开心的时候，她会做我们特别喜欢吃的菜。那时候我们的生活仅仅限于粗茶淡饭，很难吃到更多的肉类食物。尽管这样，母亲也会变着花样，把最常见的蔬菜变成可口的美味：她把玉米面和南瓜叶或者桑叶一起煎炸。一股淡淡的清香扑鼻而来，吃在嘴里又脆又香。胃里暖暖的，心里也暖暖的，至今我都回味无穷。母亲还会给我们包饺子，虽然饺子里只有菜和少得可怜的香油，但那时却是难得的美味。至今我都记得她包的饺子的样子：胖乎乎的、晶莹剔透，褶皱均匀、饱满，像一个个月牙放在洁白的玉盘里，在我眼里，那分明就是一件艺术品。我们包的饺子却东倒西歪、干瘪难看，母亲鼓励我们，甚至手把手地教我们，所以我们家孩子的拿手好戏就是包饺子。母亲还会给我们炒、炸新鲜的胡豆、黄豆，油炸红薯条，只要肚子饿了就抓上一把，算是我们那个年代的零食吧，在那时也算是美味了。我稍微大一点就能帮母亲烧火，至今我都记得母亲在厨房忙碌的情景。她先淘好米，把菜洗好切好，一切准备就绪就开始炒菜，油烟常常熏得她睁不开眼，一遇到吹风时，烟囱里的烟往屋子里灌，熏得我们都睁不开眼睛。眼睛烟熏火燎般难受，眼泪一个劲地往外流。母亲一边咳着，一边用手捂住口鼻，一边不停地翻炒。她的脸憋得通红，脸上全是汗。那时我才明白做一顿饭有多辛苦，母亲有多么不易。灶台上忙完了，母亲就抱着我烧火。我不停地用小手给她擦汗，她脸上挂着慈祥的微笑，紧紧地抱着我，给我讲故事，教我唱现在我都能倒背如流的歌：上午正来大太阳，大太阳，黄果树躲阴凉，躲阴凉……

母亲性格直率又是热心肠，邻里之间、婆媳之间都相处融洽，谁有困难她都会帮上一把。邻家男孩要是相亲，准会上我家借蚊帐、被子。不论什么时候，我家的蚊帐都是洁白如新的。其他吃的、用的更不用说，只要开口，母亲都会毫不犹豫地借给他们。他们也会报答我们，给我们拿点米、送点菜，或者零食糖果。爷爷忙于生意，奶奶常年不下地干活，都是母亲照顾她的生活，每次饭做好了就会让我们去叫奶奶或者给她端去，一直到奶奶去世。每年杀了年猪，她东家一碗，西家一碗，最后所剩不多，我们有时会埋怨母亲，她安慰我们说："你爸不在家，邻居之间帮助我们家太多，只有这个时候我们才能表达一点心意。"我们理解了母亲的想法，并为她的感恩而感动！

时间在母亲的辛勤付出中慢慢流逝，我们都长大了。两个哥哥如愿以偿地分别考上大学、当上了军官，两个姐姐都已出嫁，我也考上了师范，父亲也调回我们附近的村上。按理说，母亲该安享晚年的幸福时光。但母亲病了，常年的操劳和辛苦，让她的身体日渐衰弱，病痛折磨得她夜不能眠。一到晚上浑身发烫，坐立不安。父亲总会用冷水或者酒精给她擦，照顾她吃药，几年如一日，没有一点怨言。我发现母亲老了，精神大不如前，两鬓都有白发，脸色灰暗憔悴，昔日风风火火的神态不复存在。我心涌起对母亲深深的愧疚，她为这个家付出太多太多！在病痛的折磨下，母亲还是闲不住。她常常为我们操心，帮着我们料理家务、带孩子。我们拗不过她，只好随她心愿。孩子们在她的熏陶感染下，也很勤劳、孝顺、懂事。

母亲和千千万万劳动妇女一样，用她女性的温柔，用她柔弱的双肩挑起全家的重担，诠释着对父亲、对儿女们深深的爱。她用她的言行感染、影响着我们及我们的孩子。母亲虽然离开我们十多年了，但对母亲的回忆和思念历久弥新！她的离去是我们最大的、永远也弥补不了的遗憾和伤痛！她高尚的人格、坚韧乐观、善良的品质将激励着我们团结奋进、乐观向上！她的付出换来了全家人的幸福和尊敬！

我爱母亲，我为有这样的母亲而自豪！

红薯情

在缺衣少吃的20世纪六七十年代，我们家孩子多，父亲的工资上要赡养老人，下要供养我们，所以我们也难逃饥饿的困扰和威胁。好在贫瘠的土地上能奇迹般地长出救命的红薯，它是庄稼人的主食和命脉，让我们度过了艰苦的岁月，弥补了生活中粮食不足的遗憾。从小我就对红薯情有独钟，更怀念母亲的辛劳和不易！

农谚道："一把红薯一把灰，结的红薯一大堆。"可见扦插红薯很辛苦。每年六月中旬，家家户户都要扦插红薯。母亲更忙碌了，她一个人既要挖地、挑水、割苗，还要栽种。一块块地里便出现母亲瘦小的身影，她每天忙得不亦乐乎。经过近半月的忙碌，母亲的汗水随着希望一起种下。刚栽下的苕苗，弱不禁风，我常常担心它们活不了。母亲笑着说："它们的命贱，很快就会活过来的。”我对母亲的话半信半疑，一有空就趴在院子旁边的苕地，眨巴着一双大眼睛，仔细端详着它们。刚栽下的苕苗，恹恹的，无精打采地耷拉着脑袋。太阳一晒，几乎大半叶片就干枯了。我仔细搜索，才能在粗犷的土埂上发现它的踪影。不曾料到，一场春雨过后，那弱不禁风的红苕藤居然成活。它挺起了脊梁，没过几天便展现出绿意。我由衷地敬佩母亲，任何生命在她眼里都有奇迹发生。再看那绿油油的苕藤地，像一床床绿色的地毯，把裸露的土地遮得严严实实的。那或白或紫的花儿，如绣在绿色锦缎上的花朵，把苕地点缀得越发迷人。走到地边，一股淡淡的清香迎面扑来，心里感到无限温暖。红薯花很美，有白色和浅紫色，形状像小喇叭。我常常把它们采摘下来戴在头上，自我陶醉一番。我家简陋的卧室里也有它们的倩影，洁白的瓶子里袅袅婷婷着几朵紫白色的花儿，房间里顿时充满生机和活力。红薯花常常伴着我读书学习，陋室里氤氲着美好。

秋天收红薯的季节到了。割去葱茏的藤叶，一垄垄垄起的土地上，膨胀的红薯呼之欲出。它们早已按捺不住激动的心情，迫不及待地把泥土拱开一个口子，那黄的、紫的或白的尤物，招惹着我们饥肠辘辘的胃肠。饥饿总是无情的，吞噬着我们的矜持和形象。于是乎我们双手左右开弓，寻着裂开的土地下手，不费吹灰之力就捉得一个胖乎乎、白嫩嫩的大家伙。稍稍用水洗一洗，或者撩起衣服一擦就狼吞虎咽下了肚。

收获的季节里，红薯成了我们每天的主食。早上红薯稀饭，舀在碗里，全是蔬菜和红薯，隐约可见少许米粒躺在蔬菜中像捉迷藏，很难找到它。饭是清水一样的稀粥，伴着红薯的甜香、软糯也能吃得饱饱的。我常常把小肚皮露出来让母亲看，母亲脸上的愁云舒展开来，她用手爱抚地拍拍我的小肚皮，我便开心地手舞足蹈。午饭吃蒸红薯，就着只有盐的素菜汤，也能填饱肚皮。小时候我身体很单薄，母亲总是用一个小碗，放上一把米，把米放在红薯上蒸，一会儿饭香飘出来，馋得我口水直流。饭桌上，看着父母和哥哥姐姐吃着红薯就着菜汤，吃得津津有味，我知道我享受了“特殊待遇”，心里美滋滋的。我会毫不犹豫地把饭分给他们，但是谁也不肯要。至今我都记得母亲说的话：“我们喜欢吃红薯，你吃吧，吃了才好长身体。”我听信了母亲的话，大口大口地吃着。母亲把内疚的目光停留在哥哥姐姐脸上，许久都移不开。晚饭是红薯和面条，和现在的大杂烩差不多，只是蔬菜很少，作料也简单。但在那时还是无穷的美味。粗茶淡饭里写满父母和哥哥姐姐的关爱，温馨的画面氤氲着家的和谐美好，至今让我留恋不已。

平时，母亲还会在灶膛里烤上几个红薯，我们肚子饿了的时候就去掏出来吃，不管什么时候都是热的，这就是我们那一代人的零食吧。拿着热腾腾的烤红薯，香味扑鼻而来，咬一口，软软的，又香又甜。胃里暖暖的，心里更暖。母亲还会把没有吃完的蒸红薯切成条，放在太阳下晒干，这是给我们准备的年货。年货里还有她自制的米豆腐、炸胡豆、炸红薯、炒向日葵籽等。秋天吃不完的红薯，挖回家窖在地窖里，一年四季都有吃的，但母亲又要辛苦一段时间。小时候尽管生活清贫，但由于红薯的滋补，我们的小脸蛋在冬天泛着温暖的红光，母亲也很开心欣慰。

今天，在二姐家，看着她自己种的红薯，忽然怀念起以前的岁月，怀念红薯带给我们的温暖和感动，忽然怀念起母亲来。二姐说今晚就吃蒸红薯，我们拍双手赞成。望着在厨房忙碌的大姐、二姐，一种似曾相识的感觉涌上心头：母亲就是这样，几十年如一日地变着花样，做着我们喜欢的饭菜。

现在我们的生活很富足，但对红薯仍然念念不忘。在我们心里，她比山珍海味还珍贵，因为那里面有母亲的艰辛、母亲的爱、母亲的味道……

我爱红薯，爱她顽强的生命力和默默无闻的奉献，亦如我的母亲！

雨中情

四月，是一个温暖的季节，阳光含情，山水含笑。我撑着伞，漫步雨中。柔柔的雨，如丝如线，浪漫而多情。细雨如雾如烟，雨中匆忙的背影，牵起我暖暖的相思，如阳光划过心尖，惹得我相思泪跌落一片。泪光中，母亲的背影异常清晰，慈祥的脸庞明亮起来，笑容是那么温暖，亲切的话语犹响耳畔。蒙蒙细雨，让我的思绪飞得很远很远……

小时候，记不清有多少个雨天，母亲总是一身水和泥回到家中，疲惫和狼狈不堪。我们争着给她找来毛巾让她擦拭头发，她很开心，常常夸我们孝顺、懂事。那时候，父亲常年在外地教书，家里所有的重担全落在母亲身上。一年四季她都是忙碌和来去匆忙的。

春天，播种的季节到了，母亲要育苗、挖田，出门时天气好好的，一会儿就大雨不停。为了抢时间，她根本顾不上回家，仍然坚持冒雨把手中活儿干完，回到家俨然成了一只落汤鸡。母亲很少生病，但由于长期操劳，不爱惜自己身体，有一次她病得很重，发着烧，说着胡话，不停地喊头疼，还不住地咳嗽。我们吓坏了，寸步不离地守在她身边。看到我们眼泪汪汪、可怜巴巴的样子，母亲眼里迷雾一片。她安慰我们道："别担心，我身体很棒，不会有事的，吃点药就好了。"果然没几天母亲的病就稍稍好了一点，她又忙着下床，在田间地头奔波。她给我们的感觉永远都是风风火火的，好像疾病真拿她无奈何，她还常常笑着调侃说："老妈的身体是铁打的，什么也击不垮。"我们笑得前俯后仰，开心极了。

我初中毕业后复习了两年，终于在中考中上了预选线，并且参加了正考，接下来就是等通知。全家人开心无比，母亲更是异常兴奋。小时候我身体特别单薄，母亲殷切地希望我读书有出息，能考上学。时间在等待中出奇地漫长，母亲在很多个夜晚都披衣下床，在屋外徘徊，我们知道她是着急、睡不着觉。她不是担心分数线又升高了就是怕往届生收生名额又少了，反正是担心这、担心那。我们知道，如果我的通知书不拿到手里，她是睡不踏实的。我们安慰也无济于事，她还是不安心，非要自己去问个究竟。

也是一个雨天，外面大雨如注，电闪雷鸣。母亲担心公社的电话线被雨淋坏我接不到通知，她坚持要到二十里外的教育办公室去询问。我们怎么也阻挡不了她，只好作罢。我要求和她一起去，她坚持要我在家好好休息，一边说一边拿起伞转身投入大雨中。我看着母亲瘦小的身影更加单薄和孤独，心底涌起莫名的悲伤。我仿佛看到母亲在雨中艰难跋涉，汗水和雨水湿透了她的全身，泥泞的道路让她摔了很多跟头。母亲雨中的背影一直定格在我脑海里，现在回想起就会泪流满面。傍晚时分母亲回来了，她兴奋不已，满脸泛着红光，说话的声音因激动而发抖，眼里泪光闪烁，嘴里喃喃道：“这下好了，我的幺女端上铁饭碗了。她是我们的骄傲，我太开心了！”那一晚，母亲第一次早早上床休息，一会儿便发出均匀的鼾声。第二天一早，大队广播里便通知我去村上拿通知书，乡亲们都知道我考上了师范，都夸我有出息，夸父母优秀。自豪和激动让我热血沸腾，我开心地大喊：“我终于考上了！我终于考上了！”全家人异常兴奋，父亲和母亲相拥而泣。这场景时时出现在我脑海里，永远挥之不去。母亲对我们的爱说不上轰轰烈烈，却感天动地，如春雨润物无声，我们永远沐浴在她的温暖和无私的关爱中。

我刚参加工作的那几年，工资才九十几元，生活上很拮据。母亲为了让我生活得好一点，常常接济我，给我送来米、面、油和蔬菜。我清楚地记得，那是一个寒冷的冬天，外面雨很大，寒风呼啸着，教室里的门窗哐哐直响。孩子们缩着头，把手放在裤兜了再也不愿拿出来。偏远的农村小学，条件极其艰苦，窗户四面透风，冬天冷得像冰窖。说实话，我也受不了这样的天气，看着孩子们可怜巴巴的样子，我决定教大家做做游戏，缓解一下寒冷。孩子们兴奋极了，叽叽喳喳地叫着，小脸蛋泛着红光。大家正玩得起劲，忽然远处一个蹒跚的身影映入我的眼帘：她背上背着很重的东西，步履踉跄，仿佛随时都要摔倒，每走一步异常艰难。走进我才看清是母亲，我飞奔而去，接过她的背篓。回到寝室，她全身湿透了，头上的雨水、脸上的汗水一个劲地往下流。我眼含热泪，一边升炉火一边埋怨她：“这么大的雨给我送东西干什么？出门时也不带上雨具，淋病了怎么办？”她笑着说：“我估计你的粮食快没有了，今天我有空，趁天晴时上路，没想到中途下起雨来，无处躲藏，只好坚持走来。”望着满满一背篓吃的，我再也说不出话来，泪水迷住了我的双眼。我仿佛看到母亲柔弱的身体里，燃烧着拳拳赤诚的爱心。孟郊的“慈母手中线，游子身上衣。临行密密缝，意恐迟迟归。谁言寸草心，报得三春晖”正是天下所有母亲的写照。

四月的雨呀，你牵动着儿女的万般柔肠和牵挂，淅淅沥沥的小雨淋湿了树木、花草和山村，也淋湿了我的心。思念的种子在心里生根、发芽，以至开出花来。故乡的山水曾洒下我们童年的欢笑，母亲的期盼温暖了很多艰苦的岁月。母亲的爱与天地同在，日月同辉。这撩人的雨、多情的雨，柔了我的怀想和思念，母亲的身影在雨中更加高大，在我的泪光中温暖起来。

意外受伤后

“健康是福”是老年人经常挂在嘴边的口头禅，年轻人和身体健康的我们，却不以为然，甚至觉得他们小题大做，更谈不上有多重视。然而，当我的脚意外受伤后才深刻体会到这句话的含义，才明白健康和自由对一个人有多重要。“有花堪折直须折，莫待无花空折枝。”我们对待身边人和事何尝不是如此？拥有健康和幸福时不懂得珍惜，失去了才知道它的可贵，以致把自己弄得尴尬和狼狈不堪。

常言道：“福兮祸所伏，祸兮福所倚。”人的福祸是不以人的意志为转移的，乐极生悲的事常常让人猝不及防。上周末，我们几兄妹团聚南充，午休后，一行人去南充市最热闹的五星花园逛街。街上车水马龙，人来人往，街边商场林立，霓虹闪烁，应有尽有，好一派繁华热闹的景象。我们几兄妹边走边看、边玩边买，一会儿闪进小吃店狼吞虎咽，真是“憨态可掬”；一会儿迈进服装店狂购一场，尽情享受购买的快感和幸福；一会儿又像孩子般哪里热闹往哪里凑。看着来来往往的人们脸上洋溢的笑容，静享盛世华年带给我们的美好。我们说说笑笑，生活的静美和温馨氤氲在每个人心中。

逛了一会儿，大姐说：“我有个建议，平时大家上班都忙，今天难得聚这么齐，我们去新改建的北湖公园转转怎么样？”大家一致赞成，然后我们向北湖公园走去。在过下穿通道时，我正准备下台阶，迎面碰上一个多年不见的朋友，她惊讶地说：“影子，想不到在这里见到你，你们准备去哪里？”我也欣喜万分，忙着和她说话，竟然忘了脚下。一脚踩空，一个趔趄，整个人失去控制，幸好姐姐及时抓住我才没摔倒。瞬间，钻心的疼痛袭来，脚不能动弹了。随即脚踝处泛红、迅速肿胀起来。只要一动，好像从骨头缝里渗出的疼痛遍布全身，我不禁发出呻吟。看到这情景，哥哥姐姐决定马上把我送到附近的医院。爱人连忙背起我迅速往医院赶，到了那里又是拍片，又是包扎，又是捡药，忙得不亦乐乎。看着他们忙碌和着急的身影，我后悔不已，竟埋怨起自己来。一会儿我的脚包扎好了，看着被包扎得严严实实的左脚，我苦笑着说：“这脚真像一只笨拙的狗熊，我怎么走路呢？”哥哥取笑道：“幺尾巴这下真成了跛脚了。”我委屈地说：“我都这样了还取笑我，真不道德！”姐姐忙安慰我，叫我别着急，说过一周就好了。从医院出来，爱人背着我往家走，炙热的天气，他身上还要背着我这一百多斤的连骨肉，可想而知他有多热和累。趴在他的肩头，忽然有种久违的温暖，小时候父亲常常背着我去往亲戚朋友家。幸福和内疚紧紧地揪住我的心，我暗暗发誓：以后走路一定要小心，一定要爱惜身体，绝不给家人添麻烦。

回到家，看着高高的楼梯，我顿时生出敬畏之情。迈出的左脚连忙往后缩，不过我还是决定自己走。爱人执意要背我，无奈何，我只好乖乖地趴在他的背上。他每走一步都很吃力，听着他粗重的喘息，我感觉他的腿在打颤。此时的他好像一堵老墙，随时都可能被重物压垮。一步、两步……我心里默默数着，多希望家门口就在眼前。越是这样，越感觉时间的漫长。一共八十几步的路程，我感觉好像走了很久。他终于一步一步挨到家门口，打开门，他把我放在沙发上，整个人也瘫倒在沙发上。休息一会儿，爱人就忙着去做饭。听着哗哗的水声和叮叮咚咚的锅碗相互碰撞的声音，我忽然觉得那是一首锅碗合奏曲，美妙而生动。厨房的烟火一停，丰盛的饭菜端上桌来。闻着喷香的饭菜，我由衷地对他说："谢谢你，老公！"他笑着说："什么时候变得这么客气了？快吃吧，多喝点骨头汤，你的伤才恢复得快。"瞬间，一股暖流在心里涌动，我眼里热热的。虽然平时爱人也做饭，但我从未有今天这么强烈的感激之情，也许是人在受伤时感情特别脆弱吧。

周一到了，爱人要去上班，吩咐我不要乱动，一定要好好静养，以免留下后遗症。他把电视打开，把水果、零食放在我身边，把我需要的东西一股脑儿放在茶几和沙发上，并说一会儿回来帮助我上厕所。我嘴里答应着，但一想到他平时上班又忙又辛苦，现在还要照顾我，心里很内疚。我决定把饭做好，给他一个惊喜。我从沙发上站起来，受伤的左脚一接触到地，钻心的痛让我连忙把脚收回去。怎么办？我看到窗边的晾衣棒，连忙爬过去拿过来。我用右手拄着棒，左脚踮着脚尖，可脚后跟的肌肉像有什么扯着，生疼生疼的，泪花在眼里打转。我咬着牙，试着用棍子拄着走，然而靠一只脚的力量根本迈不开腿。试了好几次依然如故，弄得我大汗淋漓，筋疲力尽。脚上的痛让我备感焦灼和烦躁，信心全失。我颓然倒在沙发上，感觉自己就是一个废人。心里无限失落，忽然怀念起脚好时的自由和快乐。一个上午，时间如蜗牛爬行一样缓慢。我从沙发爬到窗前，看着楼下来来往往的人，忽然觉得他们才是世界上最幸福的人。他们可以自由行走；可以干自己想干的事；可以呼吸到新鲜的空气；可以感受外面的鸟语花香。看着他们有说有笑，我羡慕极了，忽然感到自己是孤独的，好像被世界遗弃。这时爱人打来电话，问我脚疼好些了没，要不要上厕所，千万别乱想……想到爱人的体贴温暖，我忽然又开心起来。十一点过，爱人回来了，他除了给我做饭，还把我背进背出，照顾我的吃喝拉撒，很是辛苦。下午，他又去上班了，我决定看看书、写写文章，一个下午很快过去。

由于期末临近，学生的功课还有三个单元未复习，我急得像热锅上的蚂蚁，内心忐忑不安。休息四天后我决定去上班。爱人拗不过我，只好开车把我送到校门口。我踮着脚尖吃力地向前迈步，每走一步都很艰辛。左脚掌还是隐隐作痛，我只能踮着脚尖走。可走不了几步，左脚又酸又胀，整个脚趾累得张不开。由于重力全在右腿，我的右脚和腿酸软无比，仿佛随时都要倒下，此时我才深深体会到寸步难行的滋味。一步之遥的路程，在我眼里犹如隔了千山万水，每走一步都痛入骨髓。后来在同事的搀扶下我才顺利挪进教室。我站着讲作业，脚痛又让我不得不坐着。身体很累，心更累。平时在课堂上激情飞扬，口如悬河，今天除了讲卷子，我实在不想多说一句话。酷热的天气，加上二年级学生的课堂纪律不是那么好，让我烦躁不安。平时活泼开朗的我，从未被任何困难打倒过，今天居然感到力不从心和颓废不已。但接下来几天，我还是顺利给学生复习完了所有的功课，心里终于如释重负，感觉脚也慢慢好起来。

契诃夫说过："人们轻易得到的东西往往不珍惜。"人生的确如此，当我们拥有健康和自由时，没有好好享受其中，反而又对金钱和物质充满渴望；当我们拥有金钱和物质时，又觉得生活也不过如此，山珍海味也索然无味，又想追求新的刺激。人的欲望总是在追求与得到，得到与追求中循环往复，永无止境。

“天下熙熙，皆为利来；天下攘攘，皆为利往”“人为财死，鸟为食亡”，归根结底，皆因一个“贪”字。有的人拒绝不了金钱、美女的诱惑，最后把自己陷于生死边缘和牢狱中，才幡然醒悟；有的人拒绝不了名利、地位的诱惑，私欲极度膨胀，最终把自己送上了断头台。太多血的教训说明，知足才能常乐。人只有保持随遇而安的心，才能体会到生活的静美。欲望和贪婪会蒙蔽心灵和双眼，就会忽视眼前所拥有的一切。其实，平平淡淡才是生活的真谛。健康自由，才是人生最大的幸福，是任何名利和金钱都换不来的。希望我及身边人，活在当下，珍惜身边人和事，且行且珍重。

大　姐

大姐叫英子，在我们家排行第二，前面是大哥，后面是二哥和二姐。父亲一直在外地教书，除了母亲，大姐就是家里唯一的劳动力，也算得上半个顶梁柱。她小时候吃过很多苦，田间地头常常有她小小的身影，撒下了晶莹的汗珠。她总是默默无闻地心甘情愿地为全家人辛勤付出。从小我就沐浴在大姐那母亲般的温暖中，对她有无比的依赖之情，她无私的品质温暖着我们，也赢得了我们全家人的尊重和爱戴。

在我眼里，大姐是美的化身。她性格温顺，像极了父亲。1米63的身材亭亭玉立，端庄清秀的脸上，一对小酒窝格外引人注目，她的一笑，如微风在湖面荡起层层涟漪，让人想多看几眼。她高高的鼻梁很精致，把一张椭圆形的脸衬托得更加妩媚动人，灿如桃花的脸上写满温柔，两条黝黑的辫子如蝴蝶翻飞。唯一不足的是大姐的眼睛不是太大，典型的丹凤眼，但那里有满满的柔情。从小到大，我几乎没见大姐发过脾气，她脸上总有羞涩的、安静的笑。即便是母亲训斥她时，她也总是低着头，任泪水恣意流淌都不会和母亲争辩一句，母亲老是说她性格太阴。从我懂事起，大姐在我心中就是最完美的，我对她有特别的亲近感，她像母亲一样温暖和疼爱着我，她的喜怒哀乐都牵动着我的心。

在我心里，大姐从小就命运多舛。听母亲讲，在她八岁那年，有一回上我家阁楼去拿东西，不小心摔下来把后脑勺摔了一个大口子，当时血流如注。母亲吓坏了，呼天喊地地哭着、喊着她的名字，匆忙抱起她往医院跑。幸运的是她的头无大碍，只是伤口很深，里面骨头隐约可见，伤口缝了八针。一直到现在，她的伤口在阴雨天偶尔会痛，痛起来让她坐立不安。看着她难受的样子，我心如刀绞，常常陪着她落泪，并用手轻轻地抚摸她的伤口。我仿佛看到了她摔伤时可怕的画面，恨不得把她的痛转移到我的身上。她咬着牙忍受着安慰我，我感受到了她强烈的母性和坚强。

大姐小时候读书很用功，成绩一直很好，在班上担任文艺委员。在她快要升入初三时，大哥、二哥分别考上离我们家三十多里的重点中学，这在当时是很轰动的。一个乡只有我们家两个孩子考上，所以无论如何都要让两个哥哥去上学。然而命运真会开玩笑，人的福祸总是相依存的。父亲当时在离家六十里外一个偏僻的小山村教书，周末回家。他坐的单位拉煤的车在半道上翻了，父亲被一车煤压在下面，所有人都认为父亲必死无疑，但他居然只是摔断了腿，这真是不幸之中的万幸。父亲不得不住进离我们家百里外的县医院。母亲要去照顾父亲，我和二姐都还太小。面对如此境地，大姐自告奋勇地请假在家干农活、照顾我们。两个哥哥才得以安心地去上学，母亲才得以安心地去照顾父亲。大姐因此耽误了近半个月的功课，回到学校，那个极度迂腐的班主任，不仅不理解、不同情大姐的处境，还当着全班同学的面讥讽她：“你这么高的个子，差不多都有我高了，还经常耽误功课，你好意思吗？”她的话深深刺伤大姐的自尊，后来无论父母如何开导，大姐就是不愿再去上学。为这件事，父亲和母亲后悔了一辈子，遗憾了一辈子，直到去世时还耿耿于怀。尽管父母竭尽所能地弥补大姐，让她学会了裁缝的手艺。我常常慨叹命运的无常，也为大姐痛心和惋惜，如果她能遇上一个理解她的好老师，我相信凭着她的聪明，她一定会有一个美好的前程。

自古红颜多薄命，我觉得大姐应该算命薄如花吧。我一直认为是母亲毁了大姐的一生，但大姐总是说怪自己命不好，不能怨母亲。在20世纪六七十年代的农村，大姐算是有文化的，她性格温顺、能干，又有一技之长，所以到了谈婚论嫁的年龄，到我家提亲的媒婆络绎不绝。很多有钱有势的人争相来献殷勤，父亲这样的文人，骨子里一直就有致命的清高，他绝不会为五斗米而折腰的。大姐本来心性也高，不是嫌这个人太高，就是嫌那个人太矮，要不就是嫌别人没有文化，没多少涵养，反正是高不成低不就。父母喜欢的，她不喜欢；她喜欢的，父母又不同意。这样处于尴尬境地，一晃就二十五岁了。这在当时，人言的可畏足以毁掉一个人。母亲很着急，终于在不知姐夫复杂关系的家庭背景下，听信了媒婆三寸不烂之舌的吹嘘，把大姐嫁到场镇上的姐夫家，父母总算安心。本以为大姐可以发挥她的特长，过上幸福的生活，然而，天还是不遂人愿，婚后才一年多，姐夫的养父母就要把他们的婚房收回去，说是给小儿子准备做婚房用。此时我们才知道，姐夫是过继到养父母家的，养父母后来又有了自己的亲生儿女，大姐夫在他们家里一直受到不公平的待遇，他没读过几天书，生活苦不堪言。对姐夫养父母的做法，犹如晴天霹雳，大姐接受不了这样的事实，父母更是义愤填膺。遇上这样的不淑之人，气归气，但任何埋怨、着急都无济于事。这下大姐就真成了无家可归的人，上无片瓦，下无立锥之处，她做裁缝的梦想也落空。其实大姐一开始就对姐夫不是很满意，尽管姐夫很帅气，也很勤快，但是文化不高，是母亲竭力促成这桩婚事的，现在又摊上这样的公婆，真让人无奈。所有人坚持叫大姐和姐夫离婚，大姐柔软得像棉花的心是做不出这样的决定的，她觉得姐夫怪可怜的，反过来还安慰所有的亲人。这种情况下，外出谋生成了他们唯一的出路，他们不得不背井离乡，踏上了打工的艰辛和磨难之程。

大姐讲到打工的经历，我常常听得潸然泪下，她自己也抑制不住地悲恸。他们刚开始去到哈尔滨，人生地不熟，没有钱租房住，只能在工地上打地铺，吃和住都在工地。冬天仿佛睡在冰窖里，盖上几床被子还是冻得瑟瑟发抖，好不容易睡得暖和一点天就亮了，不得不起床干活。夏天像睡在地窖里，没有风扇，蚊子的叮咬和讨厌的嗡嗡声，让人心烦意乱，睡意全无。汗水一个劲地从皮肤里渗透出来，黏黏的，衣服裹在身上像蒙着一层胶，密不透风。有时睁着眼睛到天亮，别提有多疲倦。大姐刚开始跟着别人学装修，一个女人家，整天在工地忙得团团转。一到晚上，全身脏得只能看得见眼睛在骨碌碌地转，全身骨头像散架一般，第二天实在不想起床。但一想到艰难的处境，她还是咬牙坚持着。大姐夫给公司蹬三轮送货，每天风里来雨里去很是辛苦。经过很多年的拼搏，以及父母和我们兄弟姊妹的帮助，大姐终于建起了自己的房子，也算有了家。

随着孩子的长大，修房时还有贷款要还，他们又踏上了打工的路，侄儿跟着我读书。他很聪慧，也很听话，跟着我顺利地读完小学升入初中。后来，我因为工作调动不能再带他，就由姐夫的亲生父母照看。由于监管不严，孩子上高中的时候染上打游戏的恶习，成绩由全年级前几名一下子滑到倒数第几名，后来在玩了通宵游戏后不敢回家，竟然还离家出走了。闻此噩耗，在外打工的大姐急匆匆赶回家，看到家中情形，她嘴里喃喃自语："苍天呀，为什么对我这么狠心？我做错了什么？我的命运为什么这么悲惨？为什么要这样对我？"她整个人被击垮。我们也吓坏了，每天尽心陪伴她，开导她，编着言不由衷的谎言。其实心里被悲哀塞得满满的，还要强颜欢笑着安慰她，帮她打听、寻找侄儿的下落。一年过去了，仍然音信杳无，全家人都处在极度伤心和自责中。大姐在伤心、抑郁中气火攻心病得很重，吃不下饭、睡不着觉，心口像堵着一块石板，夜夜不能成眠。以前红润的脸上，如今满是皱纹，皮肤黑里泛黄又憔悴不堪，眼神哀伤，心像被人掏空一般，和以前简直判若两人。看着可怜的大姐，我们全家人的心也跟着碎了。母亲尤其难过，我常常看见她暗自落泪。两年后，侄儿平安回来了。庆幸的是，他懂事了，也知道自己错了。大姐让他继续读书，两年后他终于考上理想的学校，遂了大姐的心愿，大姐的脸上终于露出了久违的微笑。

侄儿结婚后，侄儿媳妇既自私又蛮横。有一次，她和侄儿吵架竟然还把娘家人叫来胡搅蛮缠。大姐好言相劝，侄儿媳妇仗着人多，居然还对大姐大打出手。她的举动激起所有人的公愤，尽管她当着长辈向大姐道了歉，大姐也原谅了她的不懂事。但侄儿终究没能原谅她，这件事以离婚收场。大姐在这件事中又受到深深的伤害，常常以泪洗面。我们全家人耐心地开导和关怀她，大姐终于从阴影里走出来，人也开朗了。

常言道："祸兮福所倚，福兮祸所伏。"但大姐始终与福无缘。我常常仰望苍天，甚至想不明白，如此善良的人，怎么就摊上这么多不幸呢？不是说好人有好报吗？为什么好运总与她无缘？她的遭遇让人唏嘘不已，真是造化捉弄人啊！

在我们眼里，大姐是坚强和伟大的。侄儿离家出走给她落下阴影，尽管如此，家里家外她还是尽心操持着。姐夫自己干点小工程，根本顾不上照顾家里，家里的日子虽然慢慢好起来，但大姐更辛苦。随着双方父母年龄的增长，他们身体一天不如一天，大姐既要忙自己的家务，还要照顾父母。在我的记忆里，大姐特别爱干净，家里常常收拾得一尘不染。以前父母在世时，她那儿就是我们聚会的地方，她做的饭菜让我们时时回味和留恋，对我们的打搅，她从无怨言。看着大姐这么辛苦，我们常常埋怨姐夫的懒惰。大姐总以他小时候受过苦，身体不好来维护他。她宁愿自己苦点累点，也绝不会埋怨谁。她永远就是那样，常常拖着病体还任劳任怨。在姐夫的养父母年老多病的时候，他们的亲生儿子早跟着媳妇入赘去了，亲生女儿也出嫁。两个孩子都对两位老人不闻不问，更别说拿钱给他们看病，他们很是可怜。这时候他们才想起了大姐，怀念大姐的好，知道自己错了，并请求大姐搬回去照顾他们。大姐怜悯之心顿生，她打算把他们接到自己家里，我们百般阻拦，对她的做法不支持、不理解。父母亲开导我们说：“既然别人知道错了就好，善事也得做，何况是你姐夫的养父母。养父母的恩情大于天，他们不能不管的。我们只有放下仇恨，自己才能快乐。”我始终理解不了父母及大姐，对那样的人还心存善念，值得吗？我还戏谑说大姐是好了伤疤忘了痛。但她善良的天性就是见不得别人有难，她也做不到袖手旁观。她任劳任怨地一直伺候两个老人去世，她的善良、宽厚迎得了乡亲们的尊敬和称赞。

大姐默默无闻的奉献，换来了我们一家人的幸福和尊敬。父母亲生病时，我们都在上班。我们说请一个保姆照顾父母，大姐不放心，一定要自己照顾父母，所以照顾父母的重担又由她挑了起来。我们很过意不去，她还宽慰我们说：“只要爸妈开心，你们可以安心工作，我苦点累点没有什么。我习惯劳动，一天不干活，浑身上下都不舒服。”我们都很开心和感动。母亲病情严重的那段时间，大小便失禁，常常是刚把干净的衣服给她换上，她又拉得满身都是，大姐不厌其烦地给母亲换洗衣服。冬天寒冷刺骨，大姐照例把母亲的衣服背到河边去洗，每天奔走于病床和河边，晚上还要守护母亲，端茶倒水，煎药做饭，很是辛苦。父亲一定要她休息几天，叫我们请假轮流来照顾母亲，她坚持不让叫我们回去。她默默地、全心全意地伺候着两位老人，很多时候她在自己身体极度难受的情况下还要强颜欢笑。父母很开心，我们也很感激和敬爱她，有时给她带点小礼物，她就很满足和开心。我们几兄妹曾商量说她照顾父母是一份苦差事，坚持要给她开工资，她无论如何也不接受，她说："你们各有各的事情，我又没上班，时间允许，照顾他们是应该的。我好意思要大家的钱吗？只要父母开心，你们能安心工作就是我最大的幸福。"听着她朴素的发自肺腑的话，我们既感动又温暖，对她的敬重之情油然而生。我常常庆幸和感动，要不是大姐无私地照顾父母，他们怎么能挺过难关？我们怎么能安心工作？能和她成为亲人，是我们这辈子的福气，也是上天对我们的垂爱和恩赐，我们为有这样的大姐而自豪。

父母亲去世后很长一段时间，我们都沉浸在悲痛之中，仿佛自己成了无依无靠的孤儿，曾经热闹恩爱的场面也随父母远去，心里无限失落，常常黯然神伤。可是，每到周末，大姐就打来电话，说今天她又做了我们喜欢吃的饭菜，叫我们一定要过去。我们满怀感激和喜悦。几兄妹又坐在一起，吃着可口的饭菜，一家人说说笑笑，谈论起儿时的点点滴滴，时而开怀大笑，时而泪光闪烁。继而又谈论起父母来，一顿饭吃得我们泪眼婆娑。但心是热的，情是暖的，眼泪是甜的，那一幅幅温馨的画面永远定格在我们每个人的脑海。永远相亲相爱，这是父母对我们的期望，我们做到了。父母去世已经十年了，直到现在，周末或者节假日，大姐家就是我们爱的家园，我们心灵的栖息地。

我爱大姐，爱她善良、坚强和默默无闻的奉献精神！

石榴情

提起色彩斑斓的水果，相信大家一定馋涎欲滴吧？它们各有各的味道，各有各的风采，让人喜爱和回味。众多水果中，我对石榴情有独钟。

喜欢石榴由来已久，对它的花见之尤怜。初夏，石榴花开了，远远望去，美不胜收。阳光直射下，单瓣的花已够陆离，双瓣的更为华贵。那小茄形的骨朵更是一种奇迹，它逐渐泛红，逐渐从顶端整裂为四瓣，任你用怎样犀利的刀也劈不出那样匀称，像谁用红色玛瑙做成了那样多的花瓶，还精巧地插上花悬挂在翠绿的叶子间。石榴花苞成大红色，刚开始，萼片包着的花瓣清晰可见，像羞涩的小姑娘安静地待字闺中。等到萼片长到一定程度，慢慢扩散时，花便全露出来，像燃烧的火，煞是好看。一阵微风送来一股香甜的味道，直往鼻孔里钻，甚至扩散到全身，每一寸肌肤、每一块骨骼都酥软了。一朵花就是一团燃烧的火，如少女娇羞红润的脸蛋，她们在绿叶丛中生动无比。我常常想把它们据为己有，偷偷采摘过石榴花。但心里像犯罪般不忍，更有毁坏了山水画中一池春水的内疚。石榴成熟时节，满树的石榴像一个个灯笼高挂枝头，刺激着人们的味蕾。行走在石榴树下，丰收的喜悦如春潮在心里涌动。

尽管石榴美味无比，但剥起来很费神，一不小心就会连皮带肉剥下来而毁坏了它的美观。一颗颗饱满的籽粒常常被我弄得面目全非，但为了满足饥饿的味蕾，只好在烂糟糟的果实中去找那些幸存者。心情不免有些遗憾和失落，慢慢地，石榴在我视线里淡出好几年。

不知爱人心血来潮，还是知道我以前特别喜欢吃石榴，今年夏天竟然买回一大箱放在家里。由于懒得去剥皮，我装着视而不见。有一天我下班回到家，爱人变戏法似的拿出一个圆溜溜的白球放在茶几上，我大叫：“石榴！你怎么弄的？居然这么完好无损？”他拿起白球，几下就除去上面包裹着的白色外衣，瞬时，像红色珍珠的果实挨挨挤挤，泛起红莹莹的光，生动极了。他拿出一只白色的盘子，把石榴剥成一颗颗放在盘子里，瞬间像白玉盘中散落着数不清的红宝石。看着看着，我馋涎欲滴，迫不及待地拿起一颗。一口咬下去，果汁喷涌而出。甜中略带酸味，而那酸味刚刚好，衬托出甜的别致。我抓起一大把果实塞进嘴里，石榴汁奋不顾身地往口里钻。我的舌尖、牙齿、身体的每一寸肌肤，甚至灵魂都被清醇和香甜包裹，惬意顿生。美食让味蕾得到强烈的满足和享受后，感恩之心顿生，我不禁对它发出由衷的赞美：“想不到石榴朴实的外表下，有如此奢华的美味。它多像那些外表朴实、内心善良，默默无闻地带给人美与温暖的人啊！”

我迫不及待地缠着爱人教我怎样剥皮，他说：“别急，我的表演即将开始。”他故作神秘地拿起一个金黄、个大的石榴放在餐桌上。

“要认真看，下次自己就能动手了。”他骄傲地说。这时，只见他先用小刀轻盈地卸下石榴头上的蝴蝶结，再在石榴底部轻旋一圈去掉皮；然后他动作娴熟地用刀在石榴皮上画了三圈“纬线”，再画出四根“经线”；最后他用手轻轻把皮一掰，就露出了白如薄纱般的内衣。掰掉石榴薄薄的外套，一颗硕大而完好的红色透明的圆球呈现在眼前。那圆球红白相间，薄如蚕纱的白色外衣，包裹着红嫩的肌肤，像雾里看花，让人迫不及待。他小心地轻解下石榴遮羞的轻纱，掰下一颗颗粉色通透的果实放在碗里。颗颗果实如少女水淋淋、粉嫩的笑脸；像玻璃包裹着颗颗红心；像红白相间的珍珠，晶莹剔透，美艳绝伦。我惊呼起来：“你怎么这么聪明？在哪里学的？”爱人告诉我他在网上看到的，我对他竖起了大拇指。

我迫不及待地拿起一个石榴，学着爱人的样子，先卸掉它头顶的蝴蝶结，然后纵向切开它的“经线”。我用手一掰，石榴皮就从它身上脱离开，很轻松，一点也不拖泥带水。我竟然有学会一门技艺的自豪，想起以前自己的笨拙，我不禁笑了。爱人说：“剥石榴，不仅是一门技术，更是一门学问，只有留心身边事物，才能做一个有心人。”我被爱人的话感动着。是啊，做生活的有心人，说来容易，要坚持就需要毅力。望着一颗颗如珍珠、如小孩的虎牙一般的美丽的精灵，刺激着我的味蕾，我一口气吃下两个仍欲罢不能。但我那可怜的胃，已经发出抗议，我只好作罢。爱人说：“一次不要吃得太多，每天吃两个，既助消化，又有营养，对提高你的免疫力有很大的帮助。”一股暖流在心中涌动，原来，爱人买回石榴，不仅因为我爱吃，更重要的是为了我的健康。我感动着，为人世间最美好的亲情。

让我心心念念的石榴，经过爱人的侍弄，更加美味诱人。朴实无华的石榴，正是他对我默默无闻的关爱和写照，他的付出，生动和饱满了爱的内涵。对你！我情有独钟！

怀念父亲

2009年腊月二十七，是一个让我们无比悲痛和难以忘怀的日子，我敬爱的父亲走完了他七十四个春秋的人生旅途。青山无语，九天寒彻。敬爱的父亲，你就这么走了！我常常仰望蓝天，心里有太多的不甘心，我甚至想不明白：这么慈祥、善良的父亲怎么就走了呢？这一切仿佛在梦中，是那么让人难以接受！痛苦和遗憾弥漫在我们心中，许久许久都挥之不去。在父亲十周年祭日即将到来之际，我含着热泪，写下对父亲深深的怀念和回忆。

父亲是善解人意、宅心仁厚的。他身材高大，外貌儒雅而俊朗，一双深邃的大眼睛充满慈爱，高高的鼻梁衬托出男人的阳刚之美，脸上永远都有慈祥的微笑，还有大男孩一般的羞涩。在我的记忆中，父亲很善良，处处为别人着想。在缺衣少吃的20世纪六七十年代，凡是到我家乞讨的人，父亲总会竭尽所能地帮助别人，即使没有钱，他都会拿些粮食或者衣物送给他们，还关心地嘘寒问暖。我常常看见他善良的眸子里充满同情和关爱，有时还有泪光在闪烁。他帮母亲买东西回来，母亲总是发现他买的东西比别人贵，质量也差，母亲就会埋怨他，他总是忧郁地说："她太可怜了，年纪那么大，自己种庄稼换点钱买日用品，真不忍心和她讲价钱！""他一个人真不容易！"……他深邃的眼睛里满是同情，一抹淡淡的忧伤泛在他深邃的大眼睛里，这画面永远定格在我心底，温暖着我的心房。母亲被他的善心打动，深深地叹了一口气说："哎，真拿你没办法，我们家日子也好不到哪里去，你还有闲心帮助别人。今天的饭你就少吃点节约下来吧。"父亲开心极了，忙不迭地说："我不吃，全让你们吃，我去写检讨。"母亲和我们都笑了。其实我是偏向父亲的，为父亲的善良鼓掌。

在父亲眼里，万物都是有灵性的、可爱的，大到一只小狗，小到一只蚂蚁，他都不忍心伤害。他对我们更是疼爱有加，宠溺得有点过分，真是含在口里怕化了，放了又怕飞了。从小到大，父亲从来没有训斥过我们，更别说打骂。母亲常常给我讲两个哥哥的事：有一次父亲叫两个哥哥去捡牛粪，他们却在外面玩，回到家背篓都是空的。父亲很生气，叫他们端来板凳趴在上面。邻居们都说从来没见过父亲生气，两个孩子肯定要被打惨。只见父亲把竹板扬得高高的，两个哥哥静静地趴在凳子上做好了饱受皮肉之苦的准备，但父亲的板子最终没有落下。他叹了口气说："今天的饭你们就少吃点，吃了去面壁思过，下次可不能这么贪玩了。"两个哥哥兴奋地从凳子上爬起来，很意外也很开心。从那以后他们很听话，经常主动帮母亲干活。在那个缺衣少吃的年代，父亲的好脾气实属难得。说来也奇怪，我们家的孩子从小就懂事，从来不淘气，虽然也有调皮的时候，但绝不会像其他孩子一样，饿了去偷吃邻家的蔬菜水果而被别人追着打骂。父亲在我们眼里很有威望，作为教师的父亲，他很少对我们的学习唠叨。我们在学习上很自觉，几姊妹的成绩在每个班都是名列前茅。父亲从来也不抱怨生活的不公，他从不谈论哪一个孩子的调皮和过错，从他嘴里听到的全是孩子的优点和趣事，父亲传授给我们的是满满的正能量。父母亲结婚四十三年，他们相敬如宾，恩爱有加，我们在祥和的家庭氛围中身心健康地成长着。

父亲的乐善好施让人钦佩，也感染着我们。父亲很善良，这是人的天性，但他善良的背后是默默无闻的付出。我们邻近的村子里，有一位大娘得了一种怪病，每天饿得坐立不安，家里因为贫穷给她看了一次就再也不管她了。父亲每次去学校都要从她家门前经过。知道这件事后，父亲整夜整夜查找药方给她开药（父亲略懂医，我们的头疼脑热全是他买药给我们吃，我们从来都没去过医院），并用自己的钱抓药给她吃，慢慢地她的病好了很多。她拉着父亲的手千恩万谢，逢人就夸父亲是活菩萨，救了她的命。我们院子里有个可怜的老人，老伴去世很多年，留下一个懦弱的儿子，儿媳妇既泼辣又不孝顺。老人常常饿得不住地大喊大叫，大家实在看不过去就悄悄地给老人拿点吃的。媳妇常常对那些人破口大骂，并扬言说谁再给老人吃的就把她送给谁，这样一来大家再也不敢给老人拿吃的。父亲实在看不下去，经常给老人拿吃的，故意当着媳妇的面。开始她也不给父亲好脸色，但父亲不理会这些，耐心地给她讲道理，让她懂得了虐待老人是犯法的，从此后她再也不敢虐待老人。看着这一幕幕场景，我们为父亲的做法和善心喝彩，幼小的心灵对父亲充满无限的崇敬。一直到今天，我们家的孩子都有一颗像棉花一样柔软的心，只要看到别人有难处，总会伸出援助之手，我想这是父亲潜移默化的影响吧。

父亲总是那么慈祥、阳光和乐观。20世纪六七十年代，我们的生活仍然是最艰苦的，有时甚至是吃了上顿没有下顿。但父亲依然是那么乐观、阳光，忧愁仿佛与他无关，粗茶淡饭里总有浓浓的深情和关爱。一到周末父亲就回来了，他放下包，把我高高举过头顶，不停地转着圈。我咯咯地大笑，感觉父亲的肩膀像山一样伟岸坚实，开心地大叫，赖着不肯下来。接着父亲把我们一个一个靠在门上测量，仔细端详，看我们是不是长高了，他再抱抱我们，看谁轻了还是谁重了。哥哥姐姐争着让他抱，像一群小麻雀一样围着他又叫又闹。他开心得像个孩子，眼睛里的慈爱更深。他一会儿摸摸这个，瞧瞧那个，永远都看不够爱不完。他还会像变戏法似的给我们变出糖果来，开心和满足溢满我们心间。我们争着告诉父亲自己在家的表现，他听得很认真，不住地点头，还时不时地夸奖我们几句，我们更开心，总是黏着他。和父亲待在一起，有一种温暖和自然的亲近，现在都留恋不已。一到周末，我就早早地坐在门口的木凳上耐心地等待父亲回来。回到家里，父亲总是尽心尽力地帮助母亲煮饭、挑水、挑粪，他什么都干，从不叫苦和嫌脏嫌累。在母亲面前，他永远都有说不完的话，永远都是谦和的、慈爱的、满怀深情的，他脸上洋溢的微笑伴着我们度过了所有艰苦的岁月。

父亲知足常乐、随遇而安的精神教育感染着我们。他是20世纪50年代地地道道的师范生，应该算是文化很高的人。他拉得一手好二胡，那时而如泣如诉、时而欢快流淌或慷慨激昂的乐曲让我们陶醉。只要父亲一拉二胡，我们便忘记一切，围在他身边不愿离开，这琴声伴着我们度过了很多艰难的日子，给了我们快乐、振奋和希望。我至今都清晰地记得父亲拉琴时的样子，他微闭着眼睛，声随乐动，我们也跟着摇头晃脑。母亲常常笑得合不拢嘴，这一幅幅画面永远定格在我的记忆中。父亲无论是相貌还是才能都是极佳的，因为家庭成分的原因，他总是默默无闻地工作，从无挑肥拣瘦。他工作的地方，方圆几里没有人烟，晚上还有狼狗不绝于耳的哀号。我常常听母亲讲起时便感到毛骨悚然，止不住为父亲伤心落泪，心里更对父亲肃然起敬。为了这份来之不易的工作，也为了让我们生活得更好一点，父亲忍受了环境的恶劣，忍受了孤独和寂寞。在艰苦恶劣的环境中一待就是好多年，他从未叫过苦，也未申请过调离。后来单位领导总算发善心把他调到母亲老家的镇上。他的学生可谓桃李满天下，但他仍然只是一位普普通通的教员。我非常同情父亲，常常为他打抱不平。他总是慈爱平静地开导我们说："你们是幸运的，赶上了好时代，要学会感恩、学会随遇而安，才能知足常乐。"他经常说母亲和千千万万的劳动人民才是最辛苦和可怜的，每天风里来雨里去，披星戴月辛辛苦苦忙到头，甚至连温饱都解决不了。父亲用他的言行为我们做出了表率，我们感动着，同时觉得自己很幸运，有慈祥善良又心胸开阔的父亲。我们时刻牢记父亲的教诲：随遇而安，才会知足常乐。所以我们在工作中始终保持一颗平常心，尽力干好本职工作，享受着随遇而安的快乐，也体会着生活的平淡之美。

父亲在我们每个人眼里是山，伟岸、坚韧，能遮风挡雨。父亲对母亲的爱感天动地，让我们从小感受到爱情的美好，家的和谐，生活的静好。母亲身体不好时，父亲更是着急。他整晚整晚的睡不着觉，看药书，查找治疗方法，跑药店，身边的记事本上密密麻麻地记着母亲的病情变化。他亲自为母亲抓药，煎药，还要亲口尝尝药苦不苦，然后才给母亲喝。尽管这样精心照顾母亲，病魔还是来势汹汹。母亲的病严重了，大小便失禁。父亲从来不让我们为母亲换洗，都是他不厌其烦地给母亲换洗衣裤。有时刚把干净的裤子换上，母亲就又拉得满身都是。父亲没有一句怨言，默默地全力照顾她。寒冬腊月的日子对父母亲来说，苦不堪言，有时父亲刚刚睡暖和，母亲要上厕所。父亲又忙着给母亲穿衣服，伺候她大小便，一个晚上母亲要上五六次厕所。我们有时半夜听到他们起床的声音，心里如刀割一样难受。刺骨的寒冷折磨着两位老人，我们于心不安。但在那时电的应用还不发达、我们的生活也不富裕的年代，也想不出更好的办法，只能干着急。父亲怕耽误我们工作，从来不让我们照顾母亲，他亲自照顾着母亲。我们心痛父亲，对他心存感激和愧疚，也为母亲高兴，遇到父亲是她前世修来的福分，我想母亲是幸福和满足的。

父亲对母亲的深情让人垂泪。我清楚地记得母亲弥留之际的情景：卧床一个多月的母亲早已不能进食，父亲拼了命地想挽救她的生命。他买来人参熬成水，用注射器慢慢注入母亲的口中。间隔十几分钟注射一次，这样不厌其烦地细心照料着母亲，一直到她去世。我常常看见父亲独自垂泪，他默默地握住母亲的手，一坐就是很久，眼里满是心痛和柔情，他恨不得用自己的生命来换回母亲的生命。在那些艰难困苦的日子里，他们一起经历了人生路上一个又一个风雨，生命已经融入彼此的生命里。上帝没有被父亲的爱心打动，母亲终于撒手人寰。见母亲停止呼吸，父亲一个箭步跳上床，他抓住母亲的手，深情地呼唤着她，老泪纵横。他把母亲冰凉的手放在他的脸上不停地抻着，哭得像个泪人，嘴里不停地喊着：“你怎么就走了啊？”看着伤心欲绝的父亲，我们哭成一团，整个家被死亡的阴影笼罩着，悲痛不止。父亲始终不让人把母亲抬下床，就这么一直抓着母亲的手不放。我们既为失去母亲而伤心欲绝，更为父亲的悲伤而悲伤着。生离死别的悲哀在我们家上演，我们哭罢母亲又哭父亲，深深地担忧母亲的去世会击垮父亲的意志。果然，母亲去世后，父亲像变了一个人，以前英俊潇洒的容颜不复存在，仿佛一夜之间老了。他面容憔悴，深邃的眼睛失去了昔日的光泽，悲哀弥漫在眼底，眼神空洞，孤苦无助。他常常一个人静静地看着母亲的遗像落泪，始终不离开他们住过的房间。我常常望着父亲孤寂落寞的背影而落泪，我们想尽办法才让父亲走出失去母亲的伤痛。我常常慨叹，两个人相爱一时容易，相爱一世是多么奢侈的愿望啊！但父亲做到了！我想九泉下的母亲也是欣慰的，因为父亲对她至死不渝的那份真情。

父亲，您离开我们整整十年了，这十年里我们常常想起您和母亲，就会抑制不住地悲恸。那深深的遗憾是我们永远的伤，为我们没能让您好好地享受晚年的幸福时光而遗憾！您在照顾母亲的这些年苦不堪言，原以为母亲走了您就可以享享清福，可无情的病魔又降临到您身上，这是多么残酷的现实啊！今天在您十周年的祭日里，我眼含热泪，写下对您深深的遗憾和怀念。父亲，您虽然走了，但您的音容笑貌永远在眼前，是那么清晰、亲切和慈爱，我们觉得您从来没有离开过。我们会时时谨记您的教诲：乐观坚强、自信地笑对生活！我们兄妹还是那么亲密无间，工作中能任劳任怨，我们一切安好。您安息吧！下辈子，我们还做您的儿女，来尽一份未尽的孝心。希望父亲在那边找到母亲，再续你们未续完的前缘，希望下辈子我们还是相亲相爱的一家人！安息吧！我可亲可敬的父亲！

写在女儿十八岁生日之际

亲爱的女儿：

在这个黄叶纷飞、硕果累累的金秋，你迎来了十八岁生日。我们既为你高兴又有些失落！十八岁的你，即将踏入青年的行列，标志着你不管是身体还是心理都已成熟，能够独立了。十八岁，一个充满激情、充满梦想，如诗、如梦般美妙的人生年华，在漫长的人生路上是多么值得珍藏的记忆。今天，在你十八岁生日之际，我多想飞到你身边，和你共庆这特别的日子，见证你的又一次成长。由于工作的原因，我只能在这里遥祝我的女儿：生日快乐、天天开心！

今天，在这个特别的日子里，我为你的成长而自豪，但也意味着你再也回不到天真烂漫的童年；我再也看不到你噘着红嘟嘟的小嘴向我撒娇；你不再迈着轻盈的脚步扑向我；我再也听不到你睡梦中的甜甜呓语……这一切多么让人留恋啊！在我眼里、心里，你聪明乖巧、善良而有灵性、坚强而独立。此时，思绪把我拉回到十八年前……

十八年前的今天，伴着金秋十月的美景，你呱呱降生。我清楚地记得你成长的每一个点滴。六个月开始你就可以叫爸爸妈妈，听着你稚嫩的童音，我尝到了初为人母的快乐与幸福。你一岁就开始走路，让我们担心之余又捧腹大笑。至今我都能清晰地记得你走路时的模样：像个醉汉，一步两踮，左右摇摆，仿佛随时都要倒下，但又始终没有倒下过。正当我们不知所措、担心不安时，你突然停下来，望着哭笑不得的我们，露出了天真无邪的笑容。看着可爱的你，我们长长地舒一口气。下一步不知你又有什么新的招数等着我们。在你眼里，地上的一片落叶、一粒石子，抑或是一只蚂蚁，都对你充满神秘和吸引。果然，你又像发现了新大陆一样踉跄着奔过去，我们还没来得及阻止，落叶又像被胶水黏住一样黏在你手上。这样的日子，让我们既担心又无奈。我知道，只有让你自己去走、去摔跤、去摸索，才知道路该怎么走，才能在磨炼中茁壮成长！正如我们的人生，只有经历风雨，生命的意义才会多彩和厚重。

爱干净，对一个两岁不到的孩子来说，是难能可贵的。我们家里常常一尘不染，垃圾全让你捡干净了。每当我看见你埋头捡垃圾时幼小的身影、虔诚的态度、专注的眼神，我内心溢满快乐和自豪。有一次，你大姨和二姨来我们家，她们故意搞恶作剧，把垃圾扔在地上考验你。你乐此不疲地捡着，小脸蛋红彤彤的，脸上的汗珠，如珍珠撒在莲花上摇曳生辉。大家情不自禁地左右开弓亲你的小脸蛋，你躲闪着、咯咯地笑着跑开。你特别介意别人的行为举止。外公喜欢跷二郎腿，你总是急匆匆地赶过去，把外公的腿从另一条腿上分开。外公假装配合你，一本正经地、乖乖地听从你的吩咐。你高兴地拍着小手，哈哈大笑，开心地说："外公真乖！"那可爱的模样把我们都逗乐了。外公外婆对你疼爱有加，他们常常挂在嘴边的话是："这孩子就是我们家的开心果，看到她，所有的烦恼都没有了。"还有一次，你二姨来我们家做客，她怕你捣乱弄脏她的衣服，就换上我的衣服。正在玩玩具的你看见了，赶忙放下玩具，边跑边叫："妈妈的衣服，不要你穿！"然后拽着二姨叫她脱下。二姨故意不脱，你大哭起来，嘴里直嚷嚷："妈妈的，妈妈的，不要你穿……"二姨笑得前俯后仰。看到她脱下衣服，你才开心地玩起玩具来。那时我们觉得你长大后一定是个吝啬的孩子，心里隐隐不安。没想到你出奇大方，把自己的玩具让给小朋友们玩，把自己好吃的零食大把大把地送给小朋友，还挺自豪地说："你吃吧，好好吃，我家里还有，妈妈买了好多好多。"我只能眼睁睁地看着你，把我用半个月工资给你买的零食送给了小朋友，虽然心痛，但感到很欣慰：我们祖辈乐善好施的品质已经种植在你幼小的心里，不久就会开出鲜艳的花来，我期待着。

每个孩子在父母眼里都是最好的，你也一样。在妈妈眼里，你的聪明和善解人意，让我震撼和感动。我清楚地记得那一年，你才一岁多。每当我下班回到家，听到我的呼喊，你就会奔跑出来。在我刚要进门时就及时地把拖鞋放到我脚下，抱着我的脚往拖鞋里塞。我感动得抱着你拼命亲吻，心里暖暖的，还激动地奖励你一个小礼物，你开心地围着我转，一步也不想离开，像我的小尾巴一样如影随形。你还会在我刚洗完头的第一时间，就抱着吹风机给我。让我着实吃惊，我惊叹你的细心和聪明。只要我用过的东西在我需要时，你都会及时送到我的面前。虽然你不会说，但你知道我要干什么，也许就是别人常说的母子连心吧，我心里既激动又温暖。你对我很暖心，只要我哪里不舒服，你就会寸步不离地守着我，不停地用你稚嫩、温暖的小手，一遍又一遍地给我抚摸，还噘着红嘟嘟的小嘴给我吹，眼里流露出难过的神情，还把小嘴凑在我耳边说：“妈妈不要怕，宝宝给你吹，一会儿就好了。”看着你可爱的模样，我觉得自己的病好了一大半。每天晚上睡觉前，你会指着墙上我和你爸的结婚照，睁着一双大眼睛，拉着我看，并对我说；“妈妈，爸爸在啊。”看着你期盼的目光，我知道你想爸爸了。我真切地感受到生命的真实与美好，亲情的温暖与可贵！我搂着你安慰道：“小宝贝快快长啊，长大了爸爸就回来了。”你似懂非懂地点点头，带着期盼很快入睡。想着你爸爸缺席的父爱，我心里满是愧疚。

随着你的成长，我发现你特别能吃苦、有毅力。刚满四岁你就开始学弹钢琴，那时我在乡下工作，你每周末才能去县城参加培训。两天时间，你要完成城里孩子一周的课程，一次要弹两小时琴。气候暖和还好，一到冬天，你的一双小手冻得通红，双脚也冻得麻木。你从不叫苦、撒娇。看着懂事的你，我的眼睛湿润了，心里涌起酸涩的痛。我把你的小手焐在我温暖的手里，刚刚暖和一点儿，你又急着练习。瘦小的你目光专注，认真地、反复地弹奏着那些单调的音符，我心里涌动出莫名的感动和欣喜。我坚信我的女儿一定不会自甘平庸的，信念在我心里升腾着。我仿佛看到你张开双臂，迎着朝阳奋力奔跑……正是因为你的坚持与韧性，小学还没毕业，你钢琴就过了十级。每当你弹出行云流水般的琴声，我所有的惆怅与不快，都掩埋在你的琴声中，你的琴声让我快乐自豪。学习上你是自觉和坚韧的，每天认真做完作业才去玩，如果没有完成作业，不管小伙伴如何叫你，你都充耳不闻。作为教师的妈妈，我真感到汗颜。为你的学习付出太少太少，妈妈在这里对你说声对不起。尽管如此，你仍然顺利地读完小学，考上初中、高中，如愿以偿地考上梦寐以求的大学。今天，妈妈在这里悄悄告诉你：我们为你骄傲和自豪！

对你的善良和爱心，我既感动又担心！在这个人心不古的年代，很多人变得麻木不仁。对生活的弱者，总是视而不见，充耳不闻，更有鄙视者。但是我的女儿，你每次看到街边的乞丐，毫不犹豫地把自己都舍不得用的零花钱全部给他们，甚至接连几天都找我要钱给他们。我阻止过、也和你探讨过。我告诫你："有些人确实可以同情、关心，但不是全部，这也不是你的身份和能力能做的。"我至今都对你的话记忆犹新："妈妈，求求你吧，我自己少用一点，我真的不忍心，他们太可怜了！"我既感动、担心又无可奈何。我常常想：一个未成年的孩子尚且如此有爱心，如果人人都能伸出温暖之手，世界上将没有贫穷和冷漠。

如今，我的宝贝女儿已经长大，成为一位名副其实的大学生。在学校，你积极参加各种活动并获得了很多奖励；学习上你更是努力，每次都能取得很好的成绩；你富有爱心，经常热心帮助、关爱身边的人。回到家里，你抢着做家务，陪我逛街、散步，陪我去旅游，和我谈心，给我分享你大学生活的困惑与成长、幸福与快乐，让我感同身受。你爱玩，也爱美，但你会照顾妈妈的情绪，在我同意后才去玩，才去买好看的衣服，喜欢的化妆品，还有书籍。让我看到了当代大学生的孝顺、自信、乐观、健康、向上、责任与担当。我为有你这样的女儿而幸福着、自豪着！

今天，在这个特别的日子里，我仿佛看到你那阳光自信的脸上，洋溢着青春的光芒，那甜美稚气未脱的笑脸，犹如在阳光下怒放的玉兰！我醉了，醉在你灿烂的笑容里；醉在你玉洁冰清的灵魂里；醉在你暖暖的爱心里；醉在你积极进取的意志里；醉在我们相亲相爱的温情里。女儿，妈妈发自肺腑地祝福你：生日快乐！幸运永相伴！

爱你的妈妈

×年×月×日

母爱流淌成歌

“母亲呵！撇开你的忧愁，容我沉酣在你的怀里，只有你是我灵魂的安顿。”冰心的这首小诗深情地赞美了母爱的伟大与无私，表达出她对母亲的感激和热爱之情。对于母亲的颂歌，上至文人墨客，下至黎民百姓，是人类永恒的主题。母亲，赋予我们生命的人，一想到她，感情的潮水情不自禁地汹涌而来。激动、幸福、温暖、快乐，诸如此类的形容词都显得匮乏和无力。母亲，本是人类女性柔弱的代名词，却在为人母后变得刚强无比。她羸弱的身体为我们遮风挡雨，伴我们快乐成长。母亲的一生好比蜡烛，燃烧自己，照亮别人。她无私的母爱如火、如船、如灯、如伞，我们沐浴在她爱的海洋里。在母亲节来临之际，我用蘸满相思泪的笔触写下对母亲的赞美与思念。

母爱是火，给我爱的温度。罗曼•罗兰说过：“母爱是一种巨大的火焰。”我们从呱呱坠地，到蹒跚学步，再到长大成人，一步一步走来，母亲默默地付出，换来我们健康地成长。在我心里，她永远都是我最亲近、最依赖的人，她温暖的怀抱给了我幸福、安全和踏实。粗布素衣里有母亲爱的温度和关怀，粗茶淡饭里溢满母亲的艰辛和幸福。日出而作、日落而息的日子里，母亲把淡定自若写在脸上。那转身和忙碌的身影被定格在我记忆深处，时间氤氲在母爱的温馨里，画面静美而生动。

母爱是船，为我扬帆起航。每个人的童年都是一首快乐的小诗。故乡的山水，留下我们嬉戏打闹的足迹和畅谈的欢畅，衣不遮体、食不果腹也快乐无边。沉甸甸的书包里，背着我的快乐和梦想，还有母亲殷殷的希望。青涩的理想，在故乡长长的小路和弯弯曲曲的山道萦绕。青春的梦想淡忘于课堂上的神游，在课后忘我玩耍中跳跃，时而清晰时而迷茫。挑灯夜战的日子里，母亲夜宵的温暖矫正我梦想的方向，那不知疲倦的陪伴，让我喜上眉梢，希望的风帆被温暖扯得圆圆的。

母爱是灯，照耀我前进的方向。工作、生活的压力，梦想与现实的落差，击垮我最初的梦想。徘徊在人生的十字路口，母亲明亮的目光，穿过我迷茫的心房，如一盏明灯高悬，感动和温暖次第在心上开出花来。我放下包袱，循着她明亮的目光前行，终于找到人生的坐标。

母爱是伞，为我们遮风挡雨。席慕蓉说过：“母亲是伞，是巨荚，我们是伞下的孩子，是荚里的巨子。”在我们漫长的生命旅途中，人生世事难料，风雨难测。不经意间，就会被突如其来的大雨淋湿头发，打湿衣衫，内心也湿漉漉的。母亲的伞，挡住了风雨的恣意，让前行的路畅通无阻。感动烘干了眼泪，烘焙了内心，温情溢过心尖，久违的情愫在心底荡漾。母亲的庇护，再大的风雨也奈何不了我，母亲给了我坚强的理由和意志。

家是我们安放心灵的港湾。母亲在，家就在，根就在，牵挂就在。不论何时，只要我们困了，累了，回家的门始终为我们敞开，母亲始终是笑脸迎接我们的人。不论我们贫穷还是富有，她对我们始终不离不弃。一家人在一起，即便是粗茶淡饭也其乐融融，也有万般柔情和感动：感恩父母给了我们生命；感恩亲人给了我们真实的存在和温馨；感恩工作让我体现了人生的价值……家是我们心灵的归属，安放灵魂的橱窗。家的温馨，让我永远保持随遇而安的最佳状态。母爱让我心安理得，从容而自豪。

母亲，是那个时时牵挂我的人，是我永远依赖的温暖。母爱，是人世间最难抒写的情，最难报答的恩。她比山还高远深邃，比海还宽广绵长。她的爱与天地同在，与日月同辉。在母亲节来临之际，我用我的感激和虔诚，祝愿天下所有的母亲：节日快乐，福寿无边。让母爱永远在心里流淌，带着对母亲无限的赞美和眷恋，一路欢歌，奔向梦想的远方。

家有小猫

几天前，女儿在南充为我买了一只英短小猫，说起养猫让我想起一段往事。

女儿是个特别有爱心的孩子，三四岁时就常常缠着我给她买小动物。我从小就有洁癖，总害怕动物身上的细菌会伤害到我们，所以狠着心拒绝了。后来女儿上了小学，这个愿望更强烈。望着她眼泪汪汪和满是期盼的眼神，我心软了，给她买过两只小白兔。那时，我们住在乡下，老家有条件饲养。让我没有想到的是，女儿把它们照顾得很好，居然长到十几斤。后来小白兔被她爷爷宰杀，为这事，女儿伤心了很久，一直都未从阴影里走出来。直到现在，她都不愿吃兔肉。三年级时她还写过怀念小白兔的文章和诗歌，被老师当作范文在全班读，诗歌还被我们学校校刊刊发。我感到很惊讶和难过，想不到这件事对女儿造成这么大的影响。后来在对待女儿养小动物这件事上，我一直对她有深深的愧疚，有时也想给她再买几只小动物来饲养。终因城里居住环境不适合和我的心理原因，还是打消了这个念头。后来女儿上了中学、大学，再也没有时间养小动物，但她对动物的热爱从未消减过。今年暑假，女儿怂恿我买一只小猫来饲养，还说了一大堆理由和好处。最让我感动的是，她说："妈妈，我不在家时小猫可以代替我陪伴您，您就不会牵挂我。"我为女儿的爱心感动，终于点头答应她的请求。

令我没有想到的是，一小时后，她和侄孙子就抱回一只英短小猫。原来，她早在网上看好这只猫并交付了订金，只等我点头就把小猫买回来。在南充姐姐家吃过晚饭后，我们带着这只可爱的小东西往家赶。一路上女儿抱着小猫坐在后面，我从反光镜中看到她兴奋的脸，对她的愧疚如释重负，但心里还是隐隐有点担心。回到家一打开门就发现家门口堆了一大堆女儿从网上买回的猫砂、笼子、纸尿布、猫粮等东西。女儿忙着为小猫准备新家，忙得不亦乐乎。

我认真观察起这只小动物来。这是一只出生才一个月零七天的小猫，全身的毛像银灰色的虎纹，头部的毛是浅灰色，只有下肢的小腿部是纯白色。一张稚气未脱的娃娃脸上，一双小眼睛黑漆漆的，像两颗黑色的小玻璃球。我把它从笼子里放出来，它眼神怯怯的，不敢迈步。只要听到一点响声，马上把身子缩到笼子里。女儿忙过去安慰它，用手轻轻地抚慰它。它温顺的样子激发我母性的本能，我想要抱它，又觉得有点顾虑。女儿笑着说："妈妈，别担心，它可干净了。"说着在它身上亲了一下。我怯怯地把它抱在怀里，一种异样的感觉漫过心底，好像抱着的就是小时候的女儿。我用手抚摸着它光滑如绸缎的毛，它闭着眼任我抚摸，好像很享受的样子。我惊喜地发现它身体的每一个部位都是小小的、柔美的，特别是它的小脚掌嫩红可爱，像一朵梅花镶嵌在白色的画布上，漂亮极了。摸上去像果冻般软滑，我生怕一用力就会摸坏它。一股喜爱之情从心底泛起，我抱着它直到女儿给它准备好一切。女儿把它放在地上，它睁着一双怯怯的眼睛，到处张望，既好奇又胆怯，嘴里发出微弱的“喵喵”声，它是那么孤单可怜。它一会儿慢慢走到客厅，一会儿躲到茶几下，一会儿又钻到电视柜下面，像在寻找什么。女儿告诉我，它在找妈妈。找了一会儿，它显然累了，就在茶几下睡着了，发出均匀的呼吸。我再次把它紧紧地抱在怀里，对这只失去母爱的小动物，怜悯之心陡生，以前所有的担心荡然无存。老公不禁发出感叹：“真想不到，母性的力量可以战胜世上所有的困难！”我笑了笑，被自己的转变感动着。女儿对我竖起了大拇指，她深情地说：“妈妈，这只猫是买给您的，您来给它起名吧。”我看了看这可爱的小不点，于是给它起名叫“点点”。我们相视一笑，轮流抱着点点，然后把它放在笼子里去睡。

第二天，女儿很早就起来了。她教点点拉屎撒尿，给它喂猫粮、喝羊奶。我看着忽然觉得很麻烦，为难地对女儿说：“你去上学后我就把它送人，养着它太辛苦。”女儿说：“妈妈，千万别送人，您应该把它当成您的女儿，您就不会觉得麻烦。我们既然收养了它，就要对它负责任！”我对女儿的话感到震惊。一个孩子居然能说出这样的话，我为自己的话感到汗颜。女儿不厌其烦地喂点点吃的，它看都不看。我担心它这样下去它会生病，女儿说：“没关系的，它刚来到陌生环境，就是不吃东西的，过两天就好了。”点点见了人还是怕，听到一点响动就赶紧躲在沙发、茶几脚下，嘴里发出微弱的“喵喵”声。那是失去亲人的孩子寻找母亲发出的哀号，凄惨哀伤。我的心被刺痛了，看着可怜的点点，除了爱抚它，别无办法。

点点在我们的关爱中又迎来新的一天，它认识了家里所有人，不再害怕我们。它在房间里自由走动，对什么都好奇。先用爪子去摸一摸，再用嘴巴咬一咬。发现咬不动时，又把目标转向别处。看着它慢慢移动着像大老鼠般大小的身体，我顿生喜爱之情。我家地板是微金石的，在灯光照射下闪闪发亮，它小小的影子映在地板上。它玩得正开心，低头发现了自己的影子，先吓了一跳，然后追着自己的影子玩起来。它眼睛紧盯着地面，低下头，用鼻子嗅着，竖着耳朵，一直往后退。真是妙趣横生，引得我们哈哈大笑。为了进一步训练它的注意力，爱人找来一块红色的布，把它撕成条绑在一根小棒上，做成了一根逗猫棒。他把棒前后左右晃动，点点忙着左右追逐。一会儿把头转向左，爱人马上又把红带转向它的右边，它又慌忙转向右边，用爪子抓住，用牙齿咬着。爱人把红带举起来，点点试着跳起来去抓，一会儿就气喘吁吁。看着它憨态可掬的样子，我们捧腹大笑。

点点来我家已经有四天了，现在我一叫“点点”，它马上就跑过来，还追着我走一段。我为它的聪明和灵性而感动，情不自禁地抱起它说：“你太聪明了。”它眨着一双大眼睛仿佛听懂了我的话，我忽然由衷地感到激动和自豪。我们越来越喜欢点点，爱人每天都要嘱咐我们，走路的时候小心看脚下，千万别踩着它。我揶揄他：“看不出你也这么喜欢它，以前对女儿也没这么上心嘛。”他笑笑说：“都喜欢，是你没用心感受别人的用心罢了。”只要一会儿没看见它，我们就到处找它，“点点、点点”的叫声充斥着整个房间，我们完全被它左右，不禁相视一笑，整个家氤氲着和谐与快乐。随着时间的推移，点点越来越活泼，它能跑了，还试着跳上沙发。我们逗它玩时，它还会在地上打滚，露出白白的肚皮。女儿告诉我说：“它只有感到安全时才会露出小肚皮。”看来这个家让它感到安全，它完全接纳了我们，我们为它感到由衷的高兴。有几次我看书累了，想起了点点，发现它在沙发上睡得正香，一会儿趴着睡，头直立着，嘴巴着地，身子团起来，一动不动，像一个肉球，只是小耳朵偶尔扇动一下。一会儿又侧身睡，像睡不醒的婴儿。我故意弄醒它，它睁着一双惺忪的眼睛看看我又把头一歪睡着了，我不忍心再打扰它，只好作罢。

说实话，我看到小动物也非常喜爱，但就是没达到一定要饲养的程度。因为洁癖的原因，总觉得养动物会传播细菌和疾病。有一次，朋友抱着一只纯白的小狗，非常漂亮，我忍不住摸了摸。摸完后非常后悔，忽然觉得全身不自在起来，感觉有无数小虫子在我身上来回爬。回到家，我第一时间冲到卫生间，用肥皂把手翻来覆去地洗了好几遍，好像要把上面的细菌抠掉，还用消毒液把我随身的东西全部消毒，还是心有余悸，所有我对养动物是抗拒的。点点的出现，让我不仅打消了顾虑，还让我喜欢上了它。从女儿的告诉和我的观察中，我了解到猫这种小动物是非常爱干净的。只要你刚开始教会它在哪里拉屎撒尿，它绝不会乱拉的。它还会把自己的粪便用沙子盖起来，我们处理也方便。现在我对这聪明又有灵性的小东西刮目相看。

后来女儿还为点点准备了猫窝、玩具和餐具，每天无微不至地照顾它。我曾奚落她是猫奴，现在我由衷地佩服女儿的善心和耐心。她从照顾小猫的过程中，体会到父母养育她的艰辛，从而也用行动回报我们。每天早上，我们还在睡梦中，她就把地板拖得干干净净的，然后做好早餐叫我们起来吃。平时她自己的衣服自己洗，还会帮我们洗衣服。我发现女儿长大了，更懂事了，心里感到无限的欣慰。女儿在与动物相处的过程中，献出了爱心，收获了快乐和成长。我慨叹之余不禁想起了很多流浪的小动物，它们无人关爱，自生自灭，命运很是悲惨。大量的事实说明，爱动物就是爱人类自己，只有人与动物和平相处，才能维护地球这个美丽的家园，否则，人类是会受到惩罚的。

点点现在还不会乱弄东西，也不会主动和我们亲热、撒娇。但看得出，它在这个家感到温暖和踏实，只要吃饱了就睡觉。我们打扰它也不会醒，自顾自地做着好梦，它已融入我们的生活里。家有小猫，让我们懂得了关爱动物不仅是爱心，更是责任，同时也收获了更多的温暖与快乐。

猫　趣

宠物猫点点已经有三个月大，它瘦小的身体变得强壮而丰满，动作灵活而矫健，我家俨然成了它的乐园，它给我们带来了无限的生机与乐趣。

每天早上，只要听到我们说话的声音，它就迫不及待地等候在我卧室门外，见我们迟迟不开门，它好像极不耐烦似的，用爪子用力地抓门，嘴里发出“喵喵”的叫声，好像在求饶：“主人，求求你，快点放我进去吧。”我实在不忍心让它久等，便翻身下床，刚把门开一个缝，还没等我反应过来，只听得“嗖”的一声，就不见它的踪影。我正疑惑间，它已端坐在我窗边的沙发顶上，正翘首往外看呢。看来，它在家待的时间太久，也向往外面喧闹的世界。我走过去，拍拍它的头，它顺势倒在我怀里，用舌头认真地、细致地舔我的手，仿佛一夜未见，它要把它所有的温存和感激都传递给我。我情不自禁地把它搂在怀里。它任由我抚摸，微闭着眼睛，很享受的样子。一大早，点点就带给我无限的感动和快乐。吃完早饭，我和爱人各自去上班，留下点点在家看门。

这一下，点点俨然成了我家的守护神，每天欢送热迎，一刻也不懈怠。上班前，它默默跟在我们身后，静静地看着我们穿鞋、开门，目送我们远去。我下班回到家，刚打开门，就发现点点早已等候在门口。不光这样，等我前脚刚踏进房门，它就开始用头蹭我的腿，我也给它一个热烈的互动：抱着它、摸摸它的头。它跟在我身后，寸步不离。我笑着说："点点，你自己在家寂寞了吧？"它睁着一双大眼睛，定定地看着我，似乎在回答，又似乎很委屈。看着它可怜的模样，我紧紧地把它搂在怀里，把它抱到它的饭盒前添了些猫粮。我忙着在厨房里做饭，它端坐在地上，目不转睛地看着我忙这忙那，一会儿又起身，东嗅嗅、西闻闻，那份悠闲，宁静，让我体会到生活的静美和温暖。我们吃饭时，它像一个馋嘴的小孩，这里瞧瞧，那里看看，还跳到我的椅子上，或者钻在我的腋窝下偷看。看着它可怜、贪吃的模样，爱人说："多像小时候馋嘴的女儿。"我和爱人相视一笑。对于它的馋嘴，我终于不忍心，竟然忘了女儿的叮咛，偶尔也给它吃点饭菜。它吃得很开心，把鼻子凑近先闻闻，再用嘴巴拱一拱，确定可口后，便斯文地吃起来。吃完后，便伸出红润、小巧的舌头，不厌其烦地从头舔到脚，那份认真和虔诚，把我们乐坏了。看着点点如此爱干净和招人疼的样子，忽然觉得它就是女儿小时候的样子，顿生爱怜之心。有时候我吃零食，也会让它尝尝，它遇上自己不对胃口的东西，看都懒得看，我心里想：你个小东西，不知好歹，居然还挑上食了。

点点很聪明。爱人不在家时，我忙完家务，就和它玩"小猫钓鱼”的游戏。我把女儿给它买的几个塑料小鱼绑在一根小棒上引诱它。看到鱼，它两眼发光，跳起来想抓，我趁机把棒一提，它扑了个空。于是，我把小鱼放在地上，它却不着急着扑上来，只见它前爪紧紧地趴在地上、后腿弓成马步，虎视眈眈地盯着我的鞭子，做好了随时一跃而起的准备。看到它准备得如此充分，我决定改变战术。我把小鱼提起来，在它面前绕圈，它跳起来抓，始终抓不住。这一次，它采取迂回的办法，一下就截住了小鱼，我惊叹它的聪明。我又采取各种战术，它用尽围追堵截的办法，每次都能化险为夷，并抓住猎物。看着聪明绝顶的它，我笑得前俯后仰。它定定地看着我，依然没放松警惕。我把棒子举过它头顶，它一跃老高，在空中转了几个圈，稳稳地落在地上，我笑得差点岔了气。这一次，它还是没抓住猎物，我想它应该泄气了，没想到，我把棒子刚一举起来，它又迫不及待地跳起来想抓住。我心里想：还是一只顽强的小猫。

一会儿，我感到气喘吁吁，便把它扔在一边自顾自地看电视。它才不管我对它的态度，一个人玩得不亦乐乎：从沙发上跳到窗台上，眨眼间，又在摇篮上荡秋千，一会儿顺着摇篮爬到顶端，后肢直立，向我示威呢！我还在惊叹间，它又倒退着从摇篮上往下退，还在中途表演倒挂金钩。一会儿玩累了，便躲进摇篮里呼呼大睡。等我忙完了，到处找它，听到叫唤，它才慢吞吞地边走边打哈欠。要不然就是等我找得晕头转向，唤得气急败坏时，它才神出鬼没地出现在我脚下，让我措手不及。我的怒气顿消，笑着嗔怪道：“你个淘气的小东西！”它俨然成了我的影子，只要一会儿不看见它，我便担心，生怕它发生什么意外。

它也有让我哭笑不得的时候。当我在电脑前写东西时，它跳上来在键盘上踩几脚，害得我又要忙活半天。我把它抱下去，刚一放手，眨眼间，它又立在键盘上，甚至在键盘上悠闲地散步，接着又是一阵乱踩，把我刚写好的东西，弄得面目全非。我佯装生气，把手举得高高的要打它，它连忙卧倒在电脑桌前，做出一副可怜相，还伸出前爪来挡。看着它可爱又调皮的样子，我心软了，巴掌不忍心落在它身上。我把它按在桌边，一会儿工夫它居然呼呼大睡，喉咙里发出“呼哧呼哧”的声音。我摸摸它的小耳朵，它没任何反应，我推推它，它睡眼蒙眬地看看我，又把头一歪，睡着了。看着它睡得如此安稳，我爱怜地、紧紧地把它搂在怀里又开始写东西，它带给我很多写作灵感。

在我眼里，它是调皮和可爱的，对什么都充满好奇心。一张纸、一根羽毛、一根细线，甚至花盆里的石子，都是它的玩具。任凭我怎么唤它都不理我，追着圆圆的石子奔跑，跑累了就把石子捧在爪子上，用牙去咬，用前爪玩弄。不一会儿又把石子推出老远，再捡回来，乐此不疲。石子玩腻后，又抓住我沙发罩子上的丝线，用爪子撕，用牙齿咬。我举起手吓唬它，它一溜烟就不见了。有一次，我发现客厅的纱窗上有一只苍蝇，我连忙用书去追打，想尽各种办法都无济于事。着急和讨厌顿生，我拼命追打着苍蝇。点点正在玩球，它看见我在追打苍蝇，便悄悄地绕到窗帘边，抓住窗帘，一跃而上，一下就把苍蝇抓住了。然后它把苍蝇放在地上，不停地用前爪去玩弄它，待苍蝇一逃跑，又把它抓回来，就是不吃，这样一直玩弄着，可笑极了。看着奄奄一息的苍蝇，我把它捉起来扔进厕所里。想起点点的聪明可爱，我发自内心地为它鼓掌。

点点给我们的生活带来了无限的生机和乐趣。记得第一次给它穿女儿为它买的花衣服时，刚开始它觉得很新鲜，乖乖地立在沙发上，任由我摆弄。穿上后才发现极不舒服，它拼命挣扎，用力摆脱，还用牙咬，在地上打滚。由于衣服有点大，它居然把它脱掉了，我很佩服它的聪明。后来，女儿又为它量身定制了一件紧身连体衣。有一天，我们在床上看书，它在床边徘徊，跃跃欲试想上床，我给它全身喷上酒精，然后给它穿衣服。它一见衣服，转身就想逃。我抓住它，它一改往日的温顺，用牙咬我，不让我靠近它的身体，我还是快速地把衣服给它穿上。它发现身体不能动弹，只好呆呆地站在那里，用极其委屈的目光望着我们，我们忍不住哈哈大笑。让我觉得更可笑的是，它试着在床上走，像一个孕妇，每走一步都异常艰难，真是憨态可掬。更搞笑的是，走着走着，它一骨碌从床上滚下去。它想翻身，怎么也动不了，平时的矫健、敏捷荡然无存，它救助似的望着我们，惹得我们差点笑岔气。爱人爱怜地拎起它说："这下你该安静一会儿了。"说完，我们自顾自地看电视，它呆呆地坐在床上，一会儿就鼾声四起。看着憨态可掬的它，我们笑得前俯后仰。

点点既调皮又可爱，给我们带来了快乐和情趣，生活因它而生动。我爱点点。

父亲的记事本

那年冬天，母亲病了，起初是整个人感到强烈的饥饿感、乏力、口干口苦、心慌气短，到医院一检查，结论是得了2型糖尿病。从医院检查回来，我把她接到我家。第二天早上，我还在睡梦中就听见父亲小声催促母亲起床散步。母亲赖在床上不想起来，嘴里直嚷嚷："全身无力，不想动，让我睡一会儿吧。"父亲轻言细语像哄小孩，耐心地对她说："听话，每天早晚一定要坚持锻炼，你的抵抗力才会好，血糖才不会升高。一旦血糖升高，就不好办。"母亲无可奈何地说："哎，总是你有道理，我说不过你。"父亲一边给母亲穿衣服，一边说："人越睡越没精神，越没精神越想睡，这样会加重病情的，我们锻炼回来再睡吧。"母亲只得乖乖起来。

寒冬腊月的早上，天刚微曦，到处一片雾蒙蒙，寒风吹在身上像刀子剜割。街道两旁光秃秃的树枝，可怜巴巴地立在道路两旁。母亲不禁打了一个寒战，父亲连忙把她头上的帽子往下拉了拉，帮她把围巾竖立起来。她半个脸都处在围巾包围中，只看得见两只眼睛在转。父亲又把母亲的手放在他手里搓了搓，小声问道："还冷吧？我们快走一会儿就暖和了。"母亲顺从地点点头。父亲迈开大步，一边走一边往回望，一边叮嘱母亲小心脚下，千万别摔倒。母亲迈着碎步，看着父亲鼓励的目光，笑眯眯地小跑起来。一会儿，她便感到气喘吁吁，心跳加快，脸上泛着红光，鼻尖上微微有细汗。父亲停下来，把手伸进母亲后背里摸了摸，感到暖烘烘的。他放心地对母亲说："感觉如何？是不是舒服了一点？"母亲点点头，气喘吁吁地说："精神是好了点，但感觉胃里空荡荡的，心里发慌，口干舌燥，脚上没有一点力气。"父亲连忙把母亲脖子上的围巾松了松，把帽檐往头顶卷了卷。他温柔地拉着母亲的手，缓步而行。回到家，我已做好早餐。母亲累得骨头早已散架，直呼好饿。我连忙把饭端上桌。望着香气四溢的饭菜，她拿起一个馒头狼吞虎咽地吃起来，不一会儿一碗稀饭便下肚，还吃了一个鸡蛋和一些小菜。吃过早饭，我们急着上班去，父亲替我收拾好厨房后就出去买菜。

中午回到家，我看见饭桌上多了很多蔬菜，厨房里摆满燕麦片、玉米粒、豆类食物和水果，父亲还买了一个红色的硬壳笔记本。我感到很奇怪，心里想：父亲退休多年了，他该不会要学习吧？也许记账用吧？我笑着对他说："家里有很多本子，还专门买个笔记本记什么？该不会记账吧？生活开支你们随便用，钱不够我就给您，不用记账。"父亲笑了笑，没有说话。晚饭后，我们陪着母亲又转了一会儿，她便要求回家睡觉。半夜我一觉醒来，发现父亲房间的灯还亮着，他在新买的笔记本上写着什么。上了一天班我很累，隔着房间门小声说："爸，早点休息，天气冷，小心感冒。"他应了声："你快睡，我马上就好。"

从那以后，我发现父亲每天早上起床后，第一件事就是问母亲："今天感觉如何？有没有胃口？想吃什么？手脚还麻木吗？心慌气短吗？"我笑着说："你俨然像个医生，母亲有你的照顾，病很快就会好的。"父亲很开心："你看你妈是不是比刚来时好多了？病情稳定了？"为了让母亲欢心，我连声附和着父亲："是啊，你看你脸上都泛着红光，还年轻了呢。"母亲嗔怪我道："一天到晚就知道说好听的。快去上班，别迟到了。"爱人也凑过来，对母亲说："真是这样，您什么也不用想，安心养病吧。"我忽然看见父亲脸上掠过一丝不易觉察的担心，由于赶时间上班，我没过多在意父亲表情的变化。

让我感到奇怪的是，父亲做的饭菜每天都有很多新花样，水果每天都在变换。从早到晚他都在本子上写着什么。半年过去了，母亲的病时好时坏。有时晚上全身发烫，父亲一次又一次不厌其烦地起床给她用冷水敷、用酒精擦。随着母亲大小便失禁，病情加重了。脚上的伤口一直不愈合，父亲每天把医生请到家里给她包扎。我常常看见父亲半夜起来，在他的本子上写着什么，眉宇间多了很多疲惫和担心。

有一天晚饭后，父亲叫我和爱人一起出去走走。时间已经是夏天，街上人来人往，热闹非凡。树木一片葱郁，到处鸟语花香，充满生机勃勃。川流不息的车辆穿梭在大街小巷，高大挺拔的楼房霓虹闪烁，好一个盛世太平。父亲望着远处，目光忧郁、深邃，他幽幽地说："多美的世界，多美的生活啊！可惜你母亲再也无福享受，她在世的时间不多了，你们要做好心理准备。"我和爱人很震惊："不是说这病调养得好的话，可以活十年八载吗？为什么这么快？”父亲眼圈红红的，叹了口气说：“我是安慰你们的，其实病查出来时，已经晚了，内脏器官严重受损，医生说最多只有两个多月时间，幸运的是她还活了半年多。”我的心像被人揪着，一个劲地往下坠，连呼吸都不畅快。我不敢相信自己的耳朵，更不想接受这个现实。我对父亲大叫起来：“你是不是弄错了？不会的，她不会这么快离开我们的！”父亲看着情绪激动的我，伸出青筋暴突的手，温柔地抚摸着我的头：“孩子，人都有这一天的，接受现实吧。回去后，一定要开心，让她安心地离开吧。”我擦干眼泪，默默地点了点头。

半个月后，母亲因心脏伴肾脏衰竭停止了呼吸。父亲仿佛一夜之间老了，头发花白，目光呆滞，眼里凄凉无助。他常常躲在房间里，面前摊开那个记事本。我走过去，拿起本子，满腹疑惑地打开，只见扉页上写着：“今天医生告诉我，她只有两个多月的时间了，你们……但我是父亲，是爱人，我一定要振作起来，不能让孩子们担心，不能影响他们的工作！她这一辈子太苦了，老了竟摊上这样的病，我要尽全力挽救她的生命，帮她打赢这场恶战！”我颤抖着用手翻开厚厚的笔记本，每一页上都记着母亲当天的症状、饮食、嗜好和禁忌。

“今日症状：早上起床后感到很饿，口干、乏力、眼睛干涩。晚上全身发烫、失眠、小便多、绵长……”

“应多吃膳食纤维和谷类食物，如：瘦肉、鸡蛋、牛奶、土豆、山药、莲藕等。特别爱吃的食物有：水饺、粉蒸肉、红薯……”

“宜食水果：多吃苹果、梨、橙子、猕猴桃等。”

“切记不能吃油炸、核桃等不易消化的食物。菠萝、芒果、提子、车厘子、香蕉等也不能吃。”

“坚持每天喝参花消渴茶（有调节血糖、益气生津的作用）。”

“今天菜谱：红烧土豆，西红柿炒鸡蛋，瘦肉炒莲藕，小白菜素汤……”

“……”

泪水模糊了我的视线，我小心翼翼地继续往下翻。

“这几天，她老是拉肚子，是什么东西不能吃呢？老是这样，怎么办呀？我感到自己太没用，连个病人都照顾不好。我多想把她的病转移到我身上……”我泪水像断线的珠子一个劲地往下掉。

“今天下午三点二十一分，她丢下我们，走了！”

第三辑

静待花开

远去的乡戏

时光飞快流逝，一转眼，我已人到中年。随着年龄的增长，感情的天平逐渐向故乡的人文习俗倾斜。忽然变得多愁善感的柔肠里，对曾经的美好一直耿耿于怀，甚至记忆犹新。如今高质量和快节奏的生活里，总觉得缺少点什么，深埋在骨子里的乡愁常常萦绕心间，故乡的一景一物由模糊到清晰甚至明朗起来，挥之不去的仍然是那份淳朴、舒适、热闹和温馨。很多旧的文化和习俗已渐行渐远，快乐也遗失在岁月的沙粒里，但故乡和亲情仍是我情感的归宿，小时候跟着爷爷奶奶和爸爸妈妈看戏的日子是那么清晰、美好和幸福，至今都让我留恋不已。

20世纪六七十年代的农村，最热闹的莫过于看露天电影和看戏。这场景虽然已经过去三十多年，但往日情景依然历历在目。它带给我童年无与伦比的美好和快乐，让我第一次与祖国精髓的川戏和京剧近距离接触，领略到它们的精彩与魅力。记得那时我还在读小学，有一天，父亲告诉我，乡上来了唱戏的，这几天唱的是《白蛇传》，问我想不想去看。对于唱戏，我很陌生，也很好奇，我曾在我们院子里听说书的永佩爷讲过《白蛇传》的故事，也从爷爷的古书里知道了一些大概，觉得它很精彩和神秘，所以很是期盼。我生怕父亲收回承诺，忙迫不及待地说："我想去。"在那个缺衣少吃的年代，我们常常是衣不遮体，食不果腹，哪里有闲钱去看那些用当时农村人的话来说又不能当饭吃的唱戏。那天，是父亲领工资的日子，为了孝顺爷爷奶奶，从牙缝里节省下来两张戏票。当时两个大人可以带一个小孩，家里我最小，所以我享受到去看戏的特殊待遇。

在一个初春的早晨，吃过早饭，我和爷爷奶奶、爸爸一起去离我们家六里外的乡上看戏。那天，刚好是逢场的日子，一路上人来人往，更增添了喜庆的气氛。天也格外晴朗，阳光异常温柔，笑眯眯地抚慰着我，路边的花草更加迷人。我一路蹦蹦跳跳，不停地问这问那，心里被快乐塞得满满的，恨不得插上翅膀飞到剧院。六里的山路，平时走起来从未觉得遥远，今天却觉得很漫长，永远也走不到尽头。爷爷奶奶走得大汗淋漓，我在前面不停地催促着，爸爸笑呵呵地说："你个小戏迷，太心急了吧？"四十分钟后我们到了。来到街上，到处都是人，街边摆地摊的、卖农具的、卖杂货的、卖吃的，什么都有，叫卖声、吆喝声此起彼伏，热闹非凡。我无暇顾及这些，赶忙来到卖票的窗口，那里早已人头攒动，买票的人排了很长的队伍，爸爸好不容易把票买出来递给我们。我紧紧地攥着，生怕它丢了似的。戏院的大门前人山人海，一张张兴奋的脸上充满了快乐和憧憬。影剧院的门窗和墙外边，挤满了小朋友和买不起票的年轻人，他们踮着脚，眯着眼朝里张望。我拿着一块钱一张的戏票，心里乐开了花，骄傲得像个公主，忙拉着爷爷奶奶顺利通过检票口。

来到剧院，里面早已坐满了人，我们赶紧找到座位坐下。偌大的剧院可以容纳三百多人，以前是电影院和公社开大会的地方。舞台上灯光明亮，舞台布置得鲜艳耀眼，台上锣鼓喧天，好不热闹。我第一次见到这么高大上和热闹的场面，早已按捺不住激动的心情，恨不得戏马上开始。爷爷笑得嘴都合不上，笑着说："没想到活了六十多年，还能享受到这么美好的事。"奶奶说："是啊，生活越来越好了，我们赶上了好时代。"一会儿锣鼓声忽然停了，灯光暗下来，全场顿时鸦雀无声，几百双眼睛齐刷刷地盯着戏台。舞台上的幕布徐徐打开，悠扬婉转的二胡声仿佛从天际飘来。一座白色的拱桥屹立在舞台上，梦幻般美妙。白娘娘身着洁白衣裙飘然而至。她头上发髻高挽，彩色的簪钗随着她的挪步左右乱颤，在灯光的照耀下金光闪闪，美轮美奂。我睁大吃惊的眼睛，想不到世上还有这么漂亮的头饰和人儿。只见她粉面杏眼，眼睛顾盼生辉，嘴里优雅地唱道："哎……西湖美景三月天嘞，春雨如酒柳如烟嘞……"观众席上爆发出雷鸣般的掌声和喝彩声，连几岁的孩童都睁大好奇的眼睛。随着她的演唱，掌声、喝彩声此起彼伏，观众席上鸦雀无声，没有人随意走动，悠扬的乐器、美妙的唱腔把我们带到梦幻般的仙境之中，至今都让我留恋和回味。特别是白蛇娘娘那双纤纤小手，温润如玉，手掌纤细，指甲红润。我看得呆了，想不到世上还有如此美丽的手。白蛇娘娘轻挪舞步，缓缓而行。突然，天空下起了雨，但不是真的雨，那时的舞台技术远远达不到真实的水平，是从她表情和唱腔中知道的。这时，风度翩翩的许仙撑着油布纸伞，目不斜视，匆忙走来。他来到桥上，白娘娘在雨中楚楚动人，她连忙向许仙借伞。许仙顿生爱怜之心，毫不犹豫地把伞递到白娘娘手中。通过深情的对唱，把情景演绎得淋漓尽致，让人产生美的遐想与共鸣。望着飘然远去的许仙，雨中的白娘娘万分不舍，她深情地凝视许仙的背影，惆怅百转。后来有了盗灵芝仙草、水漫金山、断桥、雷峰塔等情节。我们的感情随剧情跌宕起伏，一会儿兴高采烈，一会儿泪流满面。观众热情高涨，一直掌声、喝彩声不断，演员们在台上唱练坐打很是卖力。两个小时的戏结束了，我们久久不愿离开，直到厚厚的幕布再次拉上，还沉浸在戏中。值班人员来清场时，把我们一个一个往外赶。

回到家，我对白蛇娘娘痴迷若狂，常常模仿她的声音，咿咿呀呀地唱着："官人，小女子这厢有理——了……"然后模仿她的一颦一笑，一举一动，常常忘记了母亲交代我的事情。那时候，我们穿的衣服几乎都是老蓝布衫。由于母亲爱美，总是给我们扯些花布做衣服。但是做得很长，一件衣服要穿好多年，老大穿了老二穿，一直穿到实在不能穿为止。对于裙子，我还是第一次在戏里看见过，所以对裙子痴迷到念念不忘。每天拼命讨好母亲，希望她能买给我。好不容易辛苦攒了一块钱，离做一条裙子还差十万八千里，怎么办？有一天，我突发奇想，把母亲不能用的破蚊帐裁剪出来，用针歪歪扭扭地缝起来就成了一条梦寐以求的裙子。我穿上一件花布衬衫，把衣服扎在裙子里，还真有点那个味道，我简直飘飘然了。母亲下工回来，我学着白蛇娘娘的样子，对母亲拱手作揖，嘴里念念有词："母亲大人，辛苦了，请受小女子一拜！"我故意把"了"字拖得很长，母亲笑得前俯后仰。当看到我自己做的裙子时，她惊讶不已，对我赞不绝口："幺女手真巧，穿上它真成了小仙女。"随即我看到母亲眼光暗淡下去，轻轻地叹了口气："哎，时代不允许你们爱美，我们也无能为力，希望你好好学习，将来自己改变现状……"我至今都记得母亲脸上的沧桑和无助。

后来，父亲又陆续带我看了几场戏，什么《天仙配》《狸猫换太子》《铡美案》等，那一个个鲜活的人物形象就是从那里知道的，至今我都记忆犹新。他们或勇敢坚强，或充满侠骨柔情，或是肝胆之士、忠烈之人，都让我感动不已。后来，我翻看了爷爷的几本古书，进而对京剧、川戏、豫剧有了一点肤浅的认识和了解。京剧以西皮、二黄为主，用胡琴和锣鼓等伴奏，被视为国粹，“以形传神，形神兼备”，表演上要精致细腻，处处入戏，唱腔上要求悠扬委婉，声情并茂。武戏则不以火爆取胜，而以“武戏文唱”见佳，“唱、念、做、打”是基本功。川剧中变脸是精髓，剧由“昆腔、高腔、胡琴、弹戏、灯调”五种声腔组成，表演真实细腻、幽默风趣，生活气息浓郁，为群众喜爱；豫剧节奏鲜明，强烈，矛盾冲突尖锐，故事情节有头有尾，曲调诙谐欢快，委婉动听，唱腔悲凉。那时我们剧院唱得最多的就是川剧，享受表演者那柔肠百转的唱腔，看他们逼真的肢体表演和语言，就是莫大的享受，时间在静美中快乐而真实，从容而温馨。回到家，有时候，我一边帮母亲烧火做饭，一边不厌其烦地哼唱几句简单的唱腔，童年在我眼里美妙无穷。听母亲讲，有好几回我做梦都在唱，现在想来都觉得搞笑。戏剧让我让灵魂安放，享受到美的熏陶，激发我对祖国文化的热爱之情。

20世纪70年代的农村，庙会、电影和戏剧就是我们的精神食粮。那时虽然没有电视，也没有闲钱买书看，但还是阻挡不了人们对美的追求和热爱。各种传统节日或者娶媳嫁女、红白喜事，村、社或者乡上都会举行庙会和庆祝活动，场面很隆重。只要消息传来，不管天晴还是下雨，不管路途多遥远，也阻挡不了人们前行的脚步。大家吆三喝四，三五成群，有说有笑地奔向目的地。那浓郁的文化氛围常常让我很享受和陶醉，有时甚至忘了回家。人们对艺术、自然和神灵的敬畏和虔诚，对生活的热爱，对我的影响是直观的。后来，我对书如饥似渴，常常抱着爷爷的《三国演义》《水浒传》《隋唐演义》《西游记》看得入迷，可惜，那时只追求故事情节，没能学到更多的东西，是我至今的一大遗憾。晚上，我常常在母亲的催促下，悄悄把煤油灯拿到床上，把母亲的蚊帐熏黑了才被母亲发现，那时我对读书是多么渴望和快乐的事。

时间过去已经三十多年了，现在快节奏的生活让我无从适应，人心变得很浮躁。攀比、欲望太多，拼尽全力都想得到自己想要的东西，弄得自己精疲力尽，最终失去了生活的本真。小时候对看戏和书的痴迷常常让我感动和留恋，在那个物质生活极其匮乏的年代，对文化生活的追求很执着，现在生活富足了，反而没有时间去追求更高的精神食粮。所以很希望有闲暇的时间让心静下来，看看书和电影，再次好好享受生活的静美。有时候心血来潮也会去看看电影，但电影院寥寥数人，很是冷清，再也找不到当年的感觉和美好。纵观社会现状，年轻人把大把时间用在玩手机、打游戏、追电视剧、刷抖音上，根本没有时间和心情静下心来看书或者看场电影，更不要说去戏院看戏。我们这种不老也不年轻的人，每天除了上班、赚钱，疲于奔命，更谈不上享受生活的乐趣与美好；老年人热衷跳广场舞、健身、美食、旅游。看书学习成了遥远的梦，古老的文明失落在快节奏的生活里，乡戏已随时代的脚步飘向远方。

书香伴我行

中华民族有着五千年悠久的历史，其文化灿烂辉煌。纵观古今，但凡爱读书学习之人，在学业上多有建树。东晋时的陶渊明，写下了“盛年不再来，一日难再晨。及时当勉励，岁月不待人”的千古传颂的惜时诗。宋代爱国诗人陆游的《冬夜读书示子聿》流芳千古。明代大剧作家汤显祖的《牡丹亭》，是我国戏剧中浪漫主义的代表……他们都是饱读诗书的典范，值得我们学习。从小我就对书钟爱有加，读书让我长知识、陶冶情操。书是我黑夜里的灯塔；书是医治我心灵的良药；书是我灵魂的伴侣；书是我永葆青春的秘方。

我出生于20世纪70年代，虽然没有经历过“文化大革命”，却经历了经济萧条的十年。小时候，我们常常陷于衣不蔽体，食不果腹的境地。贫瘠的土地把所有庄稼人的梦想扼杀在黄土地上，祖祖辈辈靠着几亩薄地，昼出夜归，勉强能糊口。那时农村用电还没有普及，家里也买不起电视机等现代化的家电，我知识的获得主要从学校老师、课本和爸爸妈妈那里，他们是我学习路上的启蒙者和引路人，对我的影响是直观和深刻的。故乡广袤的土地上，撒播着我的快乐和梦想。花开花落、月缺月圆这些寻常不过的自然现象，在我眼里像变换的魔术师，每天都在上演精湛的技艺。从我能独立识字开始，课本根本满足不了我的好奇心与欲望，我对知识的渴求如在沙漠里行走的人对水的渴求，每天除了学好课本知识外，爷爷的几本古书就是我宝贵的精神食粮，它们是我在黑夜里的灯塔，照耀我奔向美好与未来。

读《三国演义》时，关羽、刘备、曹操、诸葛亮这些鲜活的人物形象像磁铁一样深深吸引着我，他们鲜明的个性、独特的言行以及跌宕起伏的情节深深地打动着我，一个新奇的世界展现在我眼前，我在这里流连、停驻，每天捧着书，乐此不疲。虽然书中有很多生僻字如拦路虎，却还是阻挡不住我求知的欲望，我常常缠着母亲，叫她读给我听。故事中人物的品质占据着我思维空间，激发起我朦胧的爱恨意识。后来，随着阅读量的增加，“空城计”“草船借箭”“赤壁之战”那一个个经典故事，成了我向小伙伴们炫耀的资本，看着他们吃惊和佩服的眼神，我内心被莫大的幸福与自豪塞得满满的。阅读让我快乐，我像一只贪吃的虫子，在书中贪婪吮吸着精神食粮。我梦想着做一个侠骨柔情的女子，铲除世界的邪恶与不平。金庸、梁羽生的武侠小说让我遨游在神奇与刺激中，希望与现实的差距，让我萌生了各种新奇的想法，伴随我走过很多艰苦的日子。童年，在我眼里是五彩的虹，耀眼而炫目。我常常流连在故乡的山水间，领略到不一样的生活情趣，快乐和满足弥漫在我幼小的心灵。从小学三年级开始写作文，每次我的作文都会被老师当作范文读，看到同学们投来的羡慕的目光，我心里比吃了棒棒糖还甜。母亲在欣慰之余，给了我五毛钱的奖励，我手里紧紧地攥着钱，仿佛攥着一个宝贝。

读初中时，同学中如果谁带一本小说或杂志之类的书到学校，我们都会对他刮目相看，心里羡慕极了，常常挖空心思和他套近乎。记得有一次我给同学讲作业，借到一本琼瑶的处女作《窗外》，心里异常激动。那时她的书已经掀起了一股狂热的校园热，大家趋之如鹜，争相借阅。拿到书我如获至宝，走在放学路上便迫不及待地看起来，以致没注意脚下，一脚踩在水田里，回到家被母亲数落了一番。书中美丽的场面描写、富足的生活环境，仿佛把我带入童话般的世界，人物之间深情缠绵的爱情故事，直白的语言，把青春懵懂的我看得脸红心跳，给我们懵懂的青春身体里喝了一剂心灵鸡汤，拿着书再也不愿放下。狼吞虎咽地吃完午饭，我又捧着书如痴如醉地看起来，直到母亲催促我快去上学才如梦初醒。

课堂上，我仍沉醉在小说中，眼睛虽然看着黑板，心里却想着书中那缠绵动人的爱情故事，老师讲的什么根本不知道，手在桌子下面摸了又摸。当看到老师严厉的眼神，心里慌乱无比，拿着书的手又赶紧放下。那时候中学生是不允许看言情书的，如果被老师发现，除了书被没收外，还会请家长。我不想看到每天奔波于田间地头的母亲那失望和哀怨的眼神。想到母亲，忽然心里打了一个激灵，顿生出一份心痛。父亲在外地教书，母亲是辛苦的，于是我赶紧调整好心态，老老实实地认真听起课来。一个下午的时间终于艰难度过，好不容易挨到放学。回到家，我分秒必争，迅速把作业做完，吃过晚饭，就躲在被窝里如饥似渴地看起书来。不知过了多久，母亲半夜起来解手，发现我还在看书，催促我快点睡觉。我嘴里答应着，但一想到明天就要还书，心里很失落和着急，一边是书的吸引，一边是母亲的催促，心里像十五只吊桶打水——七上八下，矛盾极了，最终书的吸引战胜了恐惧，我决定把煤油灯拿到蚊帐里看。于是我把一条厚毯子严严实实地遮在床头，母亲就发现不了灯光。偷读让我快乐和兴奋，作者笔下的男女主人公的爱情故事，犹如一股清流在心里奔涌。后来听母亲讲，她洗蚊帐时发现我把蚊帐顶都熏黑了，她没过多地责怪我，反而对我爱学习的精神赞赏有加，还给了我一些零花钱让我买书。我第一次拥有自己的书，那种喜悦，比我拥有了独立的书房还快乐。

考上师范后，学校有了图书室，杂志、小说、报纸，应有尽有，不仅让我大开眼界，还让我获得很多知识和感悟。我对中华文化的博大精深产生无限的敬仰之情，忠孝仁义启迪着我的心灵。我学会了很多生活技能，还学会了织毛衣。闲暇时间与书为伴，书让我开阔了视野，让灵魂安顿，让我从一个性格开朗的大大咧咧的女孩变得矜持而腼腆。读书让我变得知性优雅，举手投足间透出一股书卷气。“腹有诗书气自华”，有了书的润泽，让我从内而外散发出特有的气质。书是我心灵的良药，治愈了我的无知，让我脱胎换骨。

结婚后我与爱人两地分居，书是我灵魂的伴侣，它陪我度过了很多孤独的夜晚。特别是在寒冷的冬天，漫漫长夜，孤独难挨，生活和工作中的艰辛与不易，让我非常思念亲人。孤独和失落像虫子啃食着我，常常泪沾衣襟，此时唯有书籍可以陪伴我、慰藉我。抚摸着书，如同抚摸着爱人的手，让我找到灵魂的慰藉。闻着淡淡的墨香，与先圣对话，与智者交流，书中人物的喜怒哀乐让我柔肠百转，一切失意被掩埋在书香里，常常看到倦意袭来便酣然入梦。每当孤独无助时，书成了我的知己，我养成了睡前阅读的好习惯，一日无书，就睡不踏实，捧着它，仿佛爱人就在身边，我便会安然入睡。书是我亲密的爱人，伴着孤灯冷影，慰藉我安暖如春。

参加工作后，闲暇时我还是会手不释卷，读书让我忘掉工作的压力和城市的喧嚣，内心安静如初。一个偶然的机会，学校举办祖国七十周年华诞庆典活动，我写了一篇报道，得到了学校领导的好评，更激发我写作兴趣。后来在朋友的介绍下，我进入县作协。在去年疫情期间，我写了大量的散文与诗，收获了很多意想不到的惊喜。我还参加了很多征文比赛，偶尔也有得奖。写作让我工作之余的生活更充实，整个人焕发出无限的活力与激情，我乐在其中。每天我都会抽出时间端坐在书桌前，写写文章、看看书。写作让我自信、充实与快乐。特别是我的文章被刊发后，那份激动、喜悦和自豪是无以言表的，书是我永葆青春的秘方。

在人类的历史长河中，时间的沙漏可以漏掉所有的繁华与落寞，唯有知识让我青春永驻。书让我内心温暖而宁静，生活因它而多姿多彩。张小砚曾说过：“要么旅行，要么读书，身体和灵魂必须有一样在路上。”说明读书对一个人的一生是何其重要。在我心里，读书如爬山，爬得越高，望得越远，就会有“一览众山小”的豪迈。“宝剑锋从磨砺出，梅花香自苦寒来。”学习不是一蹴而就的事，坚持与行动是获取成功的温床。为了世界的和谐美好，让我们行动起来，让阅读成为每个人的习惯，让书香浸润我们的心房，让世界氤氲在书香里吧！

四合院旧事

一

20世纪70年代的农村，贫瘠的土地承载不起这代人的梦想，吃饭和穿衣仍是这一代人面临的困难。乡亲们仍然住在土坯茅草小屋里，或者是住在清一色砖石结构的瓦房里。一个个四合院错落有致，掩映在田间地头，大路旁边，高山脚下。房子大多都是坐北朝南，阳光直直地照在厅房，屋子里虽然极其简朴，但也温馨舒服。四合院的围墙，如朴实的庄稼人齐心协力手挽着手，挺立起不屈的脊梁，在风吹雨打中静默着。家家户户的大门除了晚上，常年都是敞开的，正如朴实庄稼人敞开的心。邻里之间一会儿说着东家长西家短的闲言，一会儿吵得不可开交，一会儿又欢笑声不断，一会儿还关切如初。邻里之间的那份亲近、祥和，阳光是最好的见证人。这四合院里住着十三户人家，憨厚的庄稼人以土地为生，春夏秋冬四季里，一个个寻常人家演绎出各自的悲欢离合。

一个寒冬腊月的早晨，天刚微曦，到处雾蒙蒙的，风吹在脸上像刀割一样。外面冰天雪地、寒气彻骨。住在我家对面的叶子烟大叔，背着他那常年收破烂用的背篼就蹬蹬地出门了。他嘴上叼着一个木杆大烟袋，吧嗒吧嗒地抽着，星星点点的亮光照着他黑黝黝的皮肤，额上深深的皱纹像一条条蚯蚓蠕动着。随着叶子烟的一呼一吸，整个人被一片白雾包裹着。他背上破旧的背篓，边缘的竹条脱了篓框的束缚，根根竖起来，或长或短的断竹枝，像他干枯的长长短短的手指。这个背篓久经风雨，是他走南闯北最好的见证。他腋窝下夹着一根粗粗的木头棍子已经摩擦得圆润水光。每天他奔走在附近的乡村，一边走一边吆喝："收废旧嘞，废铜烂铁，烂衣破絮什么都收嘞……"听到吆喝，有人忙跑出来问价钱，经过一番讨价还价，他熟练地捆绑、称重、收钱。不一会儿，背篓实在装不下了，他就打道回府，一路上，背上的废品压弯了他的脊梁。

回到家里，他小心地把这些在他眼里都是宝贝的东西拿出来重新归类、整理。拿着一件件破铜烂铁，他仔细端详着，还时不时地用他那双黑乎乎的手东敲敲，西打打，然后眯开眼笑了。他好像看到白花花的银子在眼前晃动，眼睛眯成了缝，笑意使他年轻了许多。捣弄完后晌午已过，他顾不上吃饭，急匆匆地把东西背到集市上去卖。虽说这活儿辛苦，但惬意的是能立即看到钞票。数钱的感觉就是爽，没有什么能和它带来的快乐相提并论。拿着一大把大大小小角票，他心里乐开了花，一闪身又进了一家小酒馆。他要了二两高粱小酒，外加一碟花生米，这才安心地坐下来。跷起二郎腿，微闭着眼睛，听着大家天南海北的荤段子和笑话，所有的疲劳烟消云散。喝着烈性高粱酒，受到酒精的刺激，他情不自禁地哼起小曲来，直到一张黝黑的脸泛着猪肝色，才蹒跚地一瘸一拐地往家走。这时夕阳已西下，把他瘦弱的身影拉得老长老长……

这段时间多雨，下起来就没完没了，像有深仇大恨的怨妇，絮絮叨叨个不停。今天又是风又是雨，叶子烟大叔准备休息一天，玩玩纸牌。平时空暇时，他最大的爱好就是玩纸牌，而且视牌如命。不知是他牌技有问题还是手气背，总是十打九输，辛苦挣来的钱都输在赌博上了。今天，他又邀来几个人在院子里玩牌，四个人一落座，叶子烟大嫂就把牌送过来了。看到牌，他眼里泛着兴奋的光芒，细细的眼睛笑成了一根线，他迫不及待地招呼大家快点行动起来。几局下来，他眼神开始焦灼和紧张，拿牌的手微微发抖，眼睛死死盯住每一张牌，生怕它飞了似的。嘴里喃喃地说：“这真是邪了门，为什么牌总是不护我？为什么屡打屡输呢？”众人哄笑道：“你昨晚总是不安分了吧？”他讪讪地说：“我一个老头子怎么不安分？别糟蹋我。”大家又哄笑起来。他不耐烦地说：“去去去，难怪我不胡牌，都怪你们压住了我的龙头。”看到他颓丧的眼神，大家于心不忍，一边看的人都知趣地离开。他硬着头皮又打了几圈，伸手去掏腰包，却发现分文没有。看到他又输了个精光，他们无可奈何地摇摇头说：“散了吧，等你手气好了再打。”他溜溜地败下阵来。

回屋后，他耷拉着脑袋，拿起扫把、撮箕闷头扫起地来。叶子烟大嫂知道他兜里又输了个精光，也不敢说一句话，红着眼圈，默默地垂泪。

叶子烟大叔虽然有赌博的恶习，但他也有可敬的一面。夏天到了，全院男女老少围坐在院坝里听他讲评书。这是我们最开心、最盼望的时光。偌大的院子里，板凳、凉席、簸箕摆满院坝，像一个大大的晒场。男的、女的、老的、少的，挤得水泄不通。男人们吸着旱烟，光着膀子。女人们摇着扇子，抱着孩子。院子里横七竖八都是人，他们有的坐着，有的站着，有的躺在簸箕里，真是人头攒动、人声鼎沸。孩子们绕着院坝奔跑着，相互打闹着，像过年一样热闹，欢歌笑语让院子沸腾了。院坝中间摆着一张桌子，桌子上放着厚厚的惊木和木制响板“莲花乐”，还有一杯黑茶。伴着煤油灯微弱的光，叶子烟大叔端坐在那里。评书即将开始，随着他的“莲花乐”一响，全场顿时鸦雀无声。他故弄玄虚，慢条斯理地呷口茶，望着大伙期盼的眼神，不紧不慢地开始他的演说。他的开场白总是这样：“话说这王宝钏长得那个玉面黛眉，国色天香。她知书达理，温柔贤淑，达官贵人争着在她面前献媚、讨好、卑躬屈膝……”把我们的好奇心激发得蠢蠢欲动。接着他便摇头晃脑，指手画脚，嬉笑怒骂，表情甚是夸张。他时而扮男，时而扮女，幽默滑稽，令人啼笑不止，场内不时爆发出雷鸣般的掌声和热烈的喝彩。说到王宝钏寒窑十八载的凄苦时，他的声音变得悲悲切切，用手掩着面，声音时断时续，如泣如诉，众人无不动容。我们仿佛看到王宝钏在寒窑过着食不果腹的悲惨和孤独的生活。薛平贵为官后骑在白龙马上，被前呼后拥的显贵，王宝钏被薛平贵迎回皇宫的荣耀如在眼前一般真实。当他说到刘备三顾茅庐请诸葛亮为军师时，他声音哽咽着，表演的诚恳近乎虔诚。眼里泪光闪烁，真是诚心天地可鉴。诸葛亮率军攻占荆州、益州、汉中英勇善战时，他热血沸腾，响木敲得气势磅礴，犹如千军万马奔泻而来。《三国演义》《水浒传》《隋唐演义》里栩栩如生的人物我最早就是从他口里听到的。

煤油灯微弱的灯光照着他异常亢奋的脸，汗水一个劲地往下掉，他来不及擦一下。热心的松大叔忙找来一把大蒲扇，呼呼地给他扇着。天气异常闷热，扇出的风也是热的。蚊子在耳边嗡嗡地飞，稍不留神就把它锥子似的嘴巴扎进肉里，饱餐一顿，但这些仍然阻挡不了大伙儿听书的热情。有时候我们困得上下眼皮直打架，只要他的惊木板一拍，我们马上又精神抖擞起来。叶子烟大叔稍稍凉快一下，呷一口茶，又慢条斯理地娓娓道来："公元221年刘备在诸葛亮的辅佐下称帝，定都成都。说起这诸葛亮，算是天下奇才，幼年丧父母，随叔父生活，被刘备三顾茅庐的诚意感动，出任刘备军师，后又被封为宰相，为刘备出谋划策，立下了汗马功劳。话说这一天，诸葛亮领军北伐，双方打得难解难分，忽然诸葛亮心生一计，欲知后事如何，且听下回分解。"戛然而止的评书，让我们意犹未尽，大家拼命鼓掌，请求他讲完再走。他总是神秘地笑笑，挥挥手急匆匆地走了，留下湿淋淋的背影让我们回味不已。

叶子烟大叔生有两个女儿，一个叫俊芳，一个叫华芳。他还抱养了一个儿子，儿子结婚后自立门户，对他们夫妇俩不闻不问。还真合了那句老话："儿子还是亲生的好。"他曾追上门打闹过，也无济于事。只要有人在他面前提起儿子，他会气得直摇头。好在两个女儿随了老婆，不但人长得漂亮，还亭亭玉立，而且能吃苦也很乖巧懂事，挺招人喜爱。尽管粗衣素颜，仍掩盖不了她们的国色天香。所以，远近村子里有钱人都纷至沓来，媒人更是络绎不绝。来提亲的不是名门望族，就是相貌堂堂的公子哥。但他都没看上，硬是要把女儿俊芳嫁给他的牌友兼酒友的儿子，一个长相憨厚甚至有点傻，还比俊芳大十多岁的男人。俊芳一开始就不同意这门婚事，常常寻死觅活地闹。他总说小孩子闹闹就没事了，也没怎么理会。

腊月的一天，俊芳要结婚了。一大早，我们还在睡梦中，噼噼啪啪的鞭炮声便震耳欲聋地响起来，我赶紧从床上爬起来看热闹。天阴沉着脸，冷风吹在身上，让人情不自禁地打了一个寒战。远处雾蒙蒙的，只有几米的能见度。

俊芳哭得死去活来，始终不肯迈出家门。她哭，母亲也哭，邻居们也跟着垂泪。人群里有人发出叹息："哎，真是作孽！这么好的闺女怎么要生在他家，这不是糟蹋了吗？"有几个年纪大的，壮着胆子上前劝叶子烟大叔："你看那孩子哭得撕心裂肺，我们都不忍心……"话还没说完，他一改往日的温和，对众人破口大骂："你们是吃饱了撑着，简直是狗拿耗子多管闲事！站一边去！"并揪着俊芳的头发，咬牙切齿地数落她道："人丑一点有什么？我不也丑吗？你母亲像花儿一样，不也嫁给我了吗？她过得多滋润，一辈子什么都不用干，只管给我生儿育女，她多享福。人穷一点好，才会心疼人。你今天就是死也要嫁过去，不然我的面子往哪儿搁？"一边数落一边叫人架着俊芳把她赶上路。俊芳声嘶力竭地哭着求饶："爹，求求你发发慈悲吧，我不嫁他……"绝望的眼神至今都让我的心被针扎一样难受。他摆摆手，招呼大家上路，转身就回到屋里。见女儿哭着被拖走，叶子烟大嫂号啕大哭起来："你个铁石心肠的人，我真是瞎了眼，想不到你这么狠毒。硬要把她往火坑里推你才开心……"他把眼睛一瞪，狠狠地说："我还没死，老也哭，小也哭，真烦人。"

几个月后，听说俊芳疯了，离家出走了，至今生死不明。从那以后，我常常看到叶子烟大叔坐在屋檐下的石凳上，眼睛死死盯着村口的小路，一斗接一斗地吸着旱烟。他眼神空洞，眼里迷茫一片。那麻木、机械的动作，看着真叫人心疼。

在一个阳光明媚的早晨，太阳发出温暖的光芒，大地沐浴在它无私的怀抱中。鸡鸣狗叫的声音清晰可闻。人们正在吃早饭，忽然一阵撕心裂肺的呼喊划过寂静的村庄："华芳，儿啊，你在哪儿？"叶子烟大叔凄厉的声音让大家毛骨悚然。

华芳在大姐失踪后，对父亲的做法产生强烈的怨恨与抗议，她不想再走大姐的老路。在一个月黑风高的晚上，趁叶子烟大叔熟睡之际，和自己喜欢的穷小子私奔了。这件事在村里引起很大的轰动。遭受接二连三打击后的叶子烟大叔，挂在脸上的笑容消失了。他目光呆滞，院坝里再也听不到他那高亢的声音："驸马，小女子这厢有礼了……"夏天的晚上，我们再也听不到他声情并茂地演讲，忽然感到很失落。至今我都没想明白，那一个个经典的自由恋爱的故事，从他嘴里说出来多么美丽动人，为什么到他女儿那里就被扼杀了呢？

二

春节过后，天气慢慢变得暖和，但初春的早上，天气还是有点微寒，让人冷不丁地打了个寒战。树木的嫩芽从老死的枝叶间蹦出来，一些不知名的花儿露出了羞涩的脸蛋。山坡上，一树树桃花、梨花、杏花，开得羞羞答答，争着告诉人们春来的消息。地里的油菜花金黄一片，像给大地铺上了厚厚的黄地毯，蜜蜂蝴蝶在花间忙碌穿梭着。几只燕子在天空盘旋着，"嗖"的一声，转眼间就掠过山头不知去向。

人们都活跃在田间地头。挖田、插秧、种豆子、栽油菜，大家忙得团团转。中午吃饭时间一到，院子里又热闹起来。叶子烟大叔扛着锄头，光着一双大脚，裤子高高挽到大腿上，裤管湿漉漉的。他低着头，把锄头放在门边院坝里。叶子烟大婶忙打来一盆热水让他洗脚，他一声不哼。这时住在院子东头的"赵才人"开口了："我说老哥子，一天虎着脸给谁看？老嫂子多不容易啊，白白丢失了两个女儿不说，还要伺候你，看你脸色。你连一句暖心的话都没有，这日子怎么过呀？"说着望了望躺在轮椅里的女儿，眼睛红红的，自言自语道："我说这院子里是不是鬼附身了？坏事尽让我们赶上了。"叶子烟大叔缓慢抬起头来，冷冷地盯着她，幽幽地说："自作孽，不可活，与院子有什么关系。"说完，径直迈进屋里，留下"赵才人"一个人气得吹胡子瞪眼的，嘴里骂骂咧咧：“哼，你个疯老头，不爱和你说话。”

这“赵才人”的名字是有来历的。她本名叫赵天香，长得特别迷人，皮肤白里透红，一双眼睛顾盼生辉，身材修长，凹凸有致。她做事雷厉风行，田间地头显示出英姿飒爽。但是她有一个致命的弱点，就是特别爱财，爱占小便宜，田边地角分毫必争，一点也不含糊。她说话还总爱装斯文，所以叶子烟大叔就送给了她这个雅号。她常常挂在嘴边的话就是：“哎哟，多一点少一点有什么嘛，都是抬头不见低头见的人，吃亏捡便宜有什么嘛？都是邻居，何必较真呢？”话虽说得好听，手下却没空着，不停地把土往别人田边地角推，一会儿就占了一大片过去。赵才人的男人是三天说不了一句话的老实人，在村里是出名的耙耳朵，家里大小事都是赵才人说了算。赵才人的女儿小英，长得那个美，在十里八乡都有名。女儿吸取了他们夫妇所有的优点，长得真是面若桃花，明眸皓齿，一颦一笑都勾人魂魄。在女儿的婚事上，她可算是用尽心思，机关算尽，终于把女儿嫁到场镇上。女婿是个裁缝，人也长得很精神，重要的是家境殷实，女儿算是落在福堆里了。她常常在邻里间夸耀，今天把女婿给她做的衣服穿上，在大妈、小媳妇面前一个劲炫耀：“女婿给我做的，你们说好看吗？我还嫌花了点呢。”开始大家都挺羡慕她，对她实话实说：“好看，真好看，女婿真有孝心。”听到夸奖和赞美，她满脸泛着红光，极力掩饰她的骄傲，那笑容甜得动人，然后喜滋滋地扭着腰肢飘然而去。明天她又穿着一件大花绸缎棉袄，还是那么不厌其烦地在小媳妇面前炫耀：“女婿做的，叫他不要给我做，太浪费了，他就是不听。你们说这件好看还是昨天那件好看？”她们相互递了一下眼神，笑嘻嘻地说：“你这身材，穿什么都好看，这曲线比小媳妇都美。不过，有点像地主老财的小妾。”大家笑得前俯后仰。她把眼一瞪，骂骂咧咧地说："你们就是嫉妒！小妾就小妾，怎么啦？我愿意！"说着扭着屁股，拉着脸扬长而去，留下一群目瞪口呆的小媳妇。

然而，人有旦夕祸福，谁也主宰不了自己的生老病死。按理说，女儿的归宿是好的，相信她在梦里都会乐坏了吧？但做梦也让人想不到的是，小英病了。开始说头疼，打针吃药能缓解一点儿，后来吃药也不起作用，反而痛得更加厉害。张裁缝急坏了，带着妻子到处奔波，在有名的镇医院查过，就是查不出什么原因。后来还上县城的大医院去看过，还是检查不出病因来。有一天，赵才人见女儿痛得在床上打滚，嘴里哭喊着："妈，我太难受了，我快不行了，救救我呀！"看着女儿痛苦的表情，她不知道该怎么办，慌忙把女儿揽在怀里，不停地给她按摩，还是无济于事。慌忙中，她记起女儿每次痛得厉害时吃的药，马上倒了一些给她，不一会儿，女儿沉沉睡去了。这下她可高兴了，坐在床边守着女儿，还时不时地把被子给女儿压一压，生怕她睡不安稳。女婿中午回来，看到妻子直挺挺地躺在床上，怎么叫也不答应。他慌了，忙问岳母给她吃了什么药。赵才人用手指了指药瓶。女婿问："吃了多少？"她说："有一小把。"女婿吓坏了，慌忙抱起妻子往医院跑，医生告诉他小英正是安眠药中毒。幸亏送来及时，人倒是抢救过来，但伤了神经，小英已经变成痴呆。丈夫怎么也接受不了这个现实，每天守在她身边，给她吃药、热敷、按摩。给她讲他们以前在一起美好的点滴，他期盼着奇迹的发生。但一年过去了，小英还是不能说话，生活不能自理，痴痴呆呆的。这下张裁缝的母亲不干了，她以小英没有为张家留下一点血脉为由，对赵才人说："我们都是做父母的，相信你能理解我的感受，我就一个儿子，现在你的女儿已经这样了，我张家这么大的家产，决不能断后吧？希望你带着她离开，我不会亏待你们的。"赵才人怎肯罢休："我的女儿好端端地嫁到你们家来，现在她病了，你们要赶她走，天理何在？”说着就抹起眼泪来。忽然，她像想起了什么，呼天抢地、捶胸顿足地哀嚎起来：“小英呀，你怎么这么狠心，让我和你爹两个孤苦老人怎么活呀？”亲家母怕别人说闲话，忙安慰她说：“你也别这样，好像我们对不起你们一样。我会给你们一大笔钱，保证小英和你们老两口衣食无忧。”赵才人的哭声渐渐小了，她看看痴傻的女儿，想起女婿对她们娘儿俩的好，点头答应了。

这天，天灰蒙蒙的，阳光钻到云层里再也不愿出来。老天爷阴沉着脸，一阵凉风吹过，天空飘下几滴雨点。张裁缝准备用车把她们母女送回去。临走时，赵才人把女儿所有的衣服及家具还有锅碗瓢盆都带走了，装了满满一车。一路上，女婿眼睛都是红红的，他对赵才人说：“妈，回去后一定要坚持给她按摩，陪她多说话，勤给她换洗。”临了，他有点不舍地说：“我永远都是您的儿子，我会经常来看你们的。”听到女婿这样说，赵才人既感动又难过，更为女儿叫屈：这么好的女婿啊，你却成了这个样子，只能怪你的命不好，你的一生怎么就这么苦呀！

乡亲们知道此事后既难过又气愤，纷纷指责她：“你不识字怎么能给她乱吃药啊？”她不以为然地说：“我每次看到她吃的就是那个药呀。”邻居又说：“你既然知道吃的那个药，为什么不问吃了多少呢？药可不能乱吃的。你那么聪明的人，怎么干这样蠢的事啊？”她红着脸，争辩道：“我看见她每次倒一把吃，我哪里知道是安眠药呀？”她伸出手来做了个倒药的姿势，“我也想她快点好起来，哪知道……”她说着脸色变了，眉头皱起来，伤心地说：“我也没想到会弄成这样？呜呜，我的命怎么这么苦啊？”说着干嚎起来，一滴眼泪挂在眼角始终掉不下来，这样反而让大家心里隐隐作痛。大家都骂她愚蠢，为小英感到悲哀，怎么摊上一个财迷母亲，还搭上了自己一辈子的幸福。

三

四合院宽大的院子平时既是我们的乐园也是我们的天下，跳绳、堆沙包、踢毽子、老鹰捉小鸡、捉迷藏这些活动，男孩女孩都会，常常闹得院子里鸡犬不宁。男生中小幺娃就是个头，他长得高大敦实，说话又急又快，黑黑的皮肤，发起怒来像一头小牛犊子，男生们都怕他。他有个优点，就是从来不欺负女生。只要听见他吆喝，几个男孩子就会蹬蹬地跑出来。

今天男生们干上仗了，二孬拉着小幺娃，脸红脖子粗，嘴里直喘气。他气呼呼地说："你来帮我评评理，小明说我今天偷摘了他家地里的黄瓜。"小明理直气壮地说："胜儿说的，他说你今天从我家地旁经过，刚好我的三根黄瓜不见了，不是你是谁？"小幺娃听完小明的话，脸上不高兴了，他拉长着脸，眼睛睁得大大的瞪着小明道："你亲眼看到他偷了吗？"小明脸红了，心虚地说："没……没……看见，可是……""可是个屁！我说你还偷了我家的西红柿呢，你承认吗？"小幺娃生气地说。"我可没偷你家的西红柿！你凭什么说我偷了你家的西红柿！"小明着急地说。小幺娃看到小明着急得语无伦次，慢条斯理地说："这就对了，要眼见为实，不要听别人说。再说，小明一直和我在一起。"小明听了小幺娃的话，摸摸头，不好意思起来。小幺娃说："这件事到此为止，给二孬道个歉吧。"不一会儿两人又握手言欢。

女生中憨丫头最有威望，她长得胖胖的，皮肤白里透红，说话大嗓门，很有震慑力。所以，我们在玩游戏时男生绝对不敢捣乱。男生上树掏鸟，下河摸鱼，我们女生照样会。不一会儿，所有人便玩起了老鹰捉小鸡来。小幺娃当了"老鹰"，憨丫头当了"母鸡"。小幺娃机智敏捷，憨丫头强悍勇猛，死死护住小鸡，不让小幺娃得逞。小幺娃的进攻更猛了，大家在憨丫头的保护下，跟着她左躲右闪，玩得可尽兴了。谁料小明不小心，一脚踩翻了晒在院坝里的高粱，大家意识到闯祸了，吓得一溜烟跑了。不一会儿，住在我们院子北面的“长脚杆”杀猪般的嚎叫让大家胆战心惊：“是哪个挨千刀的把我的高粱弄翻了？快点出来承认，不然我挨家挨户地查，直到有人承认为止……”接着，院子里的几个男孩子被大人牵着耳朵出来了，小明为了让大家免受皮肉之苦，不得不承认自己犯下的过错。

这“长脚杆”因为对人很凶，加上她腿长，小幺娃他们便送她“长脚杆”这个外号。她本名叫杨小云，骨瘦如柴，说话时牙齿有劲，眼睛不停地眨着，闪着狡黠的光。她对人泼辣、冷酷，从来都不愿意吃一点亏。她男人小时候家里很穷，他一直帮别人放牛，没有读过书，所以既本分又懦弱，家里只有他干的活，根本没有发言权。这个“长脚杆”每天打扮得花枝招展的，游手好闲，像个侦探一样：今天谁家里又吵架了；谁的女儿订婚了；谁家猪生了几个崽……她都了如指掌。一会儿说东家长，一会儿说西家短，口里嗑着南瓜子到处晃荡。每当她看到我母亲忙碌的身影，都会把嘴巴一撇，不屑地说：“你就是笨，活该受累，那么大的女儿还读什么书？”母亲笑了笑，说道：“现在是什么年代了，女孩多读点书还是好，算个账什么的都好。”这话她可不爱听，马上反驳我母亲道：“好什么好？还不是要嫁人，白白浪费钱。读书又怎样？还不是水里来泥里去，又不能当饭吃，真是自找罪受！”她愤怒地把瓜子壳吐得老远，然后扬长而去。

她的女儿杏花，只读了一年书，很小就出嫁了。嫁到婆家后，听说还尿过床，大家笑话了她很久：“你也太想当外婆了吧？女儿还尿床就忙着嫁人。”她不说话，眼睛里像冒出火来，死死地盯着别人，从那以后，大家不敢再取笑她了。杏花后来生了两个儿子，一年难得回几次娘家。每次回来，背上背着一个，手上牵着一个，简直像托儿所。穿得很邋遢，头发乱糟糟的，像一堆稻草胡乱堆在头上。她来去匆忙，脚下生风，完全没有小时候的一点影子。

“长脚杆”还有一个儿子叫兴平，长得一表人才，皮肤白白的，还遗传了她那双会说话的大眼睛。按说她家一贫如洗，没有哪个闺女愿意嫁到她家，但偏偏就有人看上她的儿子，还亲自请人到她家去提亲。这让她很意外，逢人就很委屈地炫耀：“有人背地里说我闲话，说我穷，儿子娶不到婆娘。现在大家看看，偏偏有人不嫌弃我穷，还追着上门。有的人家里虽然不穷，就是没有媳妇愿意上门。”气得别人把她一顿好骂。

“长脚杆”在外面得理不饶人也就罢了，她对待婆婆照样嚣张、残忍。婆婆早年丧夫，孤身一人把儿子拉扯大，身体落下很多毛病，常年干不了农活。“长脚杆”心情好的时候就会让孩子们给婆婆端饭吃，如果谁让她不开心了，家里大小人都不得安宁，逮着谁骂谁，像吃了火药一样，婆婆就别想吃饭。有一天，她和别人为了田边界线的事发生口角，回家后，气呼呼地数落着她男人：“都是你个窝囊废，让别人欺负我，如果你能给我出头，谁敢对我不敬？我的命怎么这么苦呀？摊上你个脓包，叫我怎么活呀？”说着一把鼻涕一把泪，呼天抢地地嚎叫着。男人站在她面前，左右为难，又不敢出声。她望望他，又不甘心地大哭起来。男人把饭做好后，端到她面前，她狼吞虎咽地吃完，恶狠狠地说：“两个无用的东西，这两天都不准再吃饭。”

这下可苦了婆婆，两天没吃饭，饿得大叫：“我饿呀，云儿，求求你给我吃点饭吧！”邻居实在听不下去，劝她道：“你们两口子吵架，怎么惩罚老人？”她狠狠地说：“谁叫她无能，生了个没本事的儿子，还让我跟着遭殃。”邻居耐心地劝导她说：“孩子都成家了，说这些有什么用？好好过日子吧。”她虎着脸，不再说话，别人只好灰溜溜地走了。有几个年长的，悄悄给她婆婆拿些吃的，结果被她发现后挨个一顿臭骂。慢慢地大家不再管她家里的闲事，没过几年她婆婆就病死了。

让人想不通的是，婆婆死后第二年，她那个乖巧懂事的儿媳妇给她生了一对双胞胎孙子，这又让她有了炫耀的资本。每天抱着孙子到处晃，脸上洋洋自得。更可恨的是，她专门把孩子抱在没有儿子的素秀面前。素秀老远就招呼她：“云儿嫂子，过来坐坐，让我瞧瞧这个小家伙。”她极不情愿地让素秀抱了抱。素秀爱不释手，笑眯眯地说：“你的福气真好啊！媳妇一下就给你生了两个孙子。”她懒洋洋地嗯了一声，抱起孩子转身就走，一边走一边逗着孩子：“好孙子！你可要给我争气，长大后娶个漂亮媳妇，生他十个八个男娃。千万不要找那些生不出儿子的女人，不然我可倒霉了。”说着，偷偷乐着，还一个劲地偷偷瞟着素秀。

素秀假装没听见她的话。这时候，群花大娘走过来，她连忙对怀里的孩子说：“宝贝，让奶奶抱抱。”群花大娘接过孩子说：“长得真俊，像他爹。”她一下来了精神，瘪着嘴说：“别人说我不孝顺，要遭报应，我不但没遭报应，老天还开恩，一下就给了我两个多俊的孙子。气死那些爱嚼舌根子的人！哼！”说完，她狠狠地把瓜子壳吐出很远，然后抱着孙子扬长而去。

有一年夏天，正中午的阳光发出惨白的光，田里禾苗耷拉着脑袋，蝉一声接一声地吆喝，吵得人心烦意乱。太阳像个大火球，高傲地挂在天空，晒得人热汗直流。“长脚杆”的儿媳妇从外面磨面回来，背上像背着一团火，脸上的汗水直往她眼睛里钻，衣服湿透了紧紧地贴在身上。她放下背篓，坐在凳子上喘息。不一会儿她感到头昏沉沉的，四肢无力，胃部开始隐隐作痛，豆大的汗珠直往下掉。她连忙拿出胃药喝下去，不多一阵竟口吐白沫。大家慌忙把她往医院送，原来她喝错了药，结果死在半路上。听到这个消息，全村人都感到震惊不已，有人说是“长脚杆”的报应报在她身上了。小时候我们听到这样的话，吓得晚上都不敢出门。

四

为了慰藉乡亲们一年的辛苦，农村开始放电影，这应该算最大的喜事。天还没有黑，大人们就牵着小孩，扶着老人，早早地端上凳子等在那里。我们心里被喜悦塞满，心怦怦直跳，心里默默地祈祷，天快点儿黑呀。放映的灯光一亮，广场上小伙伴的欢呼声响彻天空，叽叽喳喳地叫个不停，一旦电影开始了，全场顿时鸦雀无声，神情异常专注，眼睛落在荧幕上。《红楼梦》《天仙配》《牛郎织女》这些经典电影百看不厌，心儿跟着电影情节，感情起伏跌宕，那时才知道世上还有这么妙不可言的事情。所以从那之后，不管哪里放电影，不管是天晴还是下雨，我们都会翻山越岭去看，有时还藏在家里咿咿呀呀地学起林黛玉和织女的一颦一笑，现在想来都掩饰不住地嘲笑当时的幼稚。电影的出现丰富了我们的文化生活，开阔了我们的眼界，对外面精彩的世界充满神奇和幻想。

四合院里十几户人家，每天过着柴米油盐的生活，说着家长里短的闲话，倒也怡然自乐。远处虫鸣鸟叫，近处鸡鸣狗叫不绝于耳，房顶袅袅的炊烟，房前屋后的小桥流水，都充满画意。四合院里的旧事至今历历在目，淳朴的乡情，人心的憨厚、喜怒哀乐伴着我们成长，醇香如故的乡情随思绪飘得很远很远。

让阳光永驻，愿岁月静好

在这初秋微寒的天气里，阳光明艳、温暖。透过耀眼的光芒，我感受到了她的炙热与多情、温暖和无私！她把万丈光芒，洒向世界的每一个角落，每一个人都能平等地享受到她的恩赐与温暖！我静静地站在阳光下，眯着眼睛、仰起头，庄重地接受阳光的洗礼。阳光穿透皮肤，直射我的灵魂，把我身体里的一切杂念赶跑，让阳光驻进心里，独享这份岁月静好……

岁月静好，是多少人梦寐以求的生活，但真正能做到宁静洒脱，岁月静好的人太少太少。滚滚红尘，熙来攘往，拥挤喧闹处，皆有名利往来，太多的欲望贪欲，让我们忘记了初衷！每天奔走在红尘中，却不知结了什么因，获了什么果，悟了什么道，修了什么为。心中怀着执念，拼尽全力，想要得到自己想要的一切，结果却发现不过是梦魇一场。

"岁月静好，现实安稳"是胡兰成对上海女作家张爱玲的承诺。一个天才女作家，为了这一句承诺，不顾父母反对，不在乎胡兰成有家室的事实，义无反顾地选择嫁给他，为的就是一份真实的情感和内心的安稳。但胡兰成风流成性，没有兑现自己的承诺，没有躲过红尘中贪婪的欲念而弃张爱玲于不顾。为了这句话，张爱玲付出了一生的代价，换来的却是人去楼空，孑然一身！要做到真正的岁月静好，光有梦想是不可能达到的，要能真正地摒弃一切世俗的杂念，活在当下，体会平淡生活中的美好。

岁月静好，就是真正做到与世无争。天地之大，世事无常，我们要常怀一颗平常心，才能真正享受到岁月的静好。纵观历史，古有屈原、陶渊明、苏轼、唐伯虎等众多墨客骚人，他们心怀天下，有雄才韬略，却飘零书剑，洁身自好、与世无争。陶渊明，东晋时著名的田园诗人，自幼修习儒家经典，爱娴静，不同流合污、不慕名利，不为五斗米折腰而归隐山林。千百年来，人们对苏轼的喜爱不曾改变，他的处世原则，他面对逆境时的达观向上，他总以一颗善心看待世界，让我们在学习和传承经典时，感到无比虔诚，崇拜之情油然而生。现实生活中还有雷锋、焦裕禄、袁隆平、叶企孙、钱学森等，他们都艰苦奋斗、科学求实、迎难而上，把无私奉献当作自己的生命信念，值得我们崇敬和学习。我们的白衣天使、人民园丁，他们在平凡的岗位，默默无闻、与世无争，甘愿当蜡烛，照亮别人，燃烧自己。

其实，生活对于我们平常人来说，就是食人间烟火，尝人间百味。吃饭能填饱肚子就是幸福，感恩大地的恩泽，阳光的惠顾，就会觉得生活如此惬意。即便是粗茶淡饭，一家人在一起其乐融融，也有万般柔情和感动。感恩父母给了我们生命，感恩亲人给了我们真实的存在和温馨。工作中，我们能做到尽力而为就是最佳的状态，心安理得、问心无愧，从容而自信。但总有人喜欢拿别人的短处和自己的长处相比，无非就是标榜自己能干，菲薄别人无能，这样的人就是浅薄和无知。有的人总喜欢贪小便宜，工作中吃不得一点亏，总是盯着别人，生怕别人比自己好，这是何等自私和狭隘。有的人喜欢自我吹嘘、目中无人、恃才放狂，这是极度自负和危险的思想。我们都是凡夫俗子，不可能事事都做得尽善尽美，但我们可以做到心胸开阔点，对别人包容点，谦恭慈悲才是大丈夫所为。我们即使不完美，也不能自卑、放弃，功过是非，任人评说，好坏自在人心。我们对待工作应如同热爱自己的家人和朋友，你就会发现工作是生活的调味品，其乐无穷，充实感、成就感并存，就会信心倍增，就能到达苦并快乐着的境界。对待身边的朋友，要常怀感恩之心，常言道："百年修得同船渡。"能成为朋友，也是缘分，是上天的垂爱。但有的人不但不珍惜，还斤斤计较，以怨报德，这样既换不来真心，也会使自己陷入无尽的矛盾和困扰之中。我们何不以平常心泰然处之？朋友真则交，假则散，自己内心就会坦然畅快。亲人是上辈子积的福源，爱他们就是爱自己，如果连亲人都不爱的人，还拿什么去爱别人？爱亲人就要发自肺腑，付之行动，如爱自己的发肤。一家人在一起其乐融融，你会发现，家才是你生命的栖息地。

岁月静好，就要放下攀比、贪欲，以平常心对待生活。纵观古今历史，有多少达官显贵、社会精英、社会名流，拥有至高无上的荣誉和地位而不知满足，对物质和欲望的贪婪，永无止境，最终把自己送入万劫不复之地。人的欲望越大，心亦累，想要的太多，内心永远无法平静，永远体会不到顺其自然的美好。贪婪会腐蚀心灵，如熊熊烈火，会粉身碎骨，落入万丈深渊。无论贫穷富贵，还是功过是非，荣与辱，爱与恨，在时间的长河里，终将烟消云散，留下的将是平静如水的岁月。

岁月静好，就是闲暇不谈人之过，智者不论是与非。人非圣贤，孰能无过？所以，我们要管住嘴，心存善念，公正客观地对待每一个人，别人也将回报你一颗感恩的心。

岁月静好，就要有一颗平常心，能够做到随遇而安；岁月静好，就要把简单的日子过得不简单，把平淡的日子过得有诗意。不趋炎附势、不媚俗迎合。在残酷的现实中，应左手持善念，右手握纯真。世界事、世间人，真就是真、善就是善，好就是好、坏就是坏。还我本真，不挖空心思，附和讨好。时间会检验出一切的善恶良莠，到时候自己种下的苦果自己承受，与其这样，不如我们抱一颗平常心，讲一番真话，做一个真实的自己，不攀附权贵，不欺负弱小，君子之交淡如水。

窗外又是一个艳阳天。周围的远山，犹如一幅连绵不绝的绿色画卷，近处的树木，斑驳稀疏，一片片黄叶犹如蝴蝶飞舞，大自然如此静谧和谐。我独坐窗前，眯着眼，让阳光透过窗户洒进来，伴着静谧的时光，再沏一壶清茶，手捧书卷，铺一纸素签写下最美的纯真，独想岁月静好！

人生随感

人生是什么？这是所有人用尽了一生都在寻求的答案。有人觉得她是诗，浪漫而动人；有人觉得她如茶，清新而淡雅；还有人觉得她是一首歌，不管是小桥流水还是暴风骤雨，都韵味无穷。在我眼里，人生就是一次生命的长途旅行，一路上既有绚丽的风景，也有不期而至的意外和风雨，还有风雨过后见彩虹的惊喜满怀。

青春是这场旅途中最美的风景，生活就是碧水蓝天里美如画卷的斑斓；是牛背上放飞的梦想；是小溪里戏水的无穷乐趣；是奶奶嘴里永远讲不完的故事；是爸爸妈妈怀抱里的温床；是背篼里柴火的温暖；是童年快乐的笑声；是少女美好的憧憬；是书包里沉甸甸的梦想。

岁月如负重的老牛，踽踽独行。在人生旅途中，我们总是渴望终点，却又害怕停留。走过的路总会留下或深或浅的脚印，沿途的风景里有繁花似锦，也有残枝败柳；有温暖如春的关怀，也有视而不见的冷漠；有感动得热泪盈眶，也有伤心得号啕大哭，甚至跌倒过、失败过。自然的风雨也会不期而至，一场瓢泼大雨，犹如当头一棒，淋湿了头发，打湿了衣衫，内心亦湿漉漉的，无处躲藏。站在这孤零零的荒野，任由肆意的雨纵情而下，内心冰凉而清醒。这自然界的雨，不就是人生中的风雨吗？从来都是不可预见亦不能把握。当人生的风雨突然袭击时，不管我们哭也好、喊也罢，都无济于事。这时我们能做到的就是保持乐观的心态、坚强的意志，去接受它、克服它、习惯它，不管多大的风雨也动摇不了心中的信念和美好。

在我快乐、自信、阳光的心里，也曾遭遇过人世间的风浪。当我对所有的人和事都以虔诚之心、不设防之态对待时，有人忘了曾经的初心，心里的天平向着自私和欲望倾斜，从而挑拨离间，中伤诋毁。我百口难辩，站在风雨中，世俗的眼光差点令我窒息，内心迷茫无措，惊恐万状。徘徊在风雨中，任由恣意的雨浇灭心中执着的善念。霎时，一道闪电划破长空，内心深处两种交错不断的挣扎声戛然而止。感到从未有过的通透和安然，历经刻骨铭心的风雨，内心虽千疮百孔，但那红艳艳的心脏还是那么节奏鲜明地跳跃着。

这道彩虹带着指点迷津的温暖划过心尖，如春风抚慰了我斑驳飘摇的心田；她伯乐相马的慧眼，激荡我充满诗意的心田。自信与阳光重回心间，坚定的信念铸成高高的城墙，这里再也没有凄风苦雨的纷扰，只有岁月沉淀的坚韧与博爱。

啊！人生不如意十之八九，风雨兼程也坦然，只要有一颗坚定不移的心，再大的风雨也只是人生漫长路途中的点缀与磨炼。人生如修行，当我们懂得了爱，懂得了慈悲，我们就可以怀着安稳的心情，在流年袅袅的风尘中，食红尘烟火，赏人间百态，享岁月静好。

静待花开

二十多年的教学生涯，始终无怨无悔地守望着这片净土。尽管韶华已逝，青春容颜被丢在小山一样的作业本中，皱纹与华发不经意间与我亲近。时间的沙漏漏掉所有的繁华与沧桑，唯有孩子们的脸庞永远真实和生动。有一个孩子，至今令我记忆犹新，他的出现让我备感身心疲惫，也让我不得不思索：怎样才能对小学生进行心理健康教育，正确引导他们健康成长？

2015年9月，伴着桂花的芳香，迎来了一年级的新生。这个九十多人的超级大班，孩子平均年龄只有七岁，他们如温室里的花朵，一下被移植在广袤的天地间，所以，角色的转变让很多孩子不适应。听不来课成为常态，注意力很难集中在学习上，课堂上纪律常常失控。我们绞尽脑汁，挖空心思，施展出所有看家“本领”，最后还是黔驴技穷。每天面对他们，除了感到力不从心、身心疲惫外，甚至连逃跑的念头都有过。好不容易熬过大半个月的时间，终于让他们在学习习惯和课堂纪律上有所好转。内心虽然惶恐，至少也看到了迷雾中透出的一线曙光。第一单元语文教学结束后，我迫不及待地进行了一次摸底考试，从整个考试情况看，学生两极分化严重，一百分的人很多，但不及格的人也不少。有一个孩子，他叫郭小平，只考了八分，整张卷子几乎全是空白，我感到很意外。

我把他叫到我身边，极力压制住自己的不快，微笑着问他：“你的卷子为什么全是空白的呢？是不会做还是时间不够？”他睁着一双迷茫的大眼睛，怯怯地望着我。我怕吓着他，便和颜悦色地指着卷子上的试题问道：“这个你会做吗？告诉老师，别紧张，不会做我讲给你听。”他还是一声不吭，双手不停地相互搓着。我耐着性子指着一道书写题问他：“这个会写吗？”他依然毫无反应，任凭我说什么、问什么，就是一言不发。我强压心头的不快，长长地吐了一口气。

从那以后，我开始留心这个孩子，发现他与众不同：课堂上他总是目光游离，眼神暗淡，一会儿东张西望，一会儿又低着头自顾自地玩，完全沉醉在自己的世界里，旁若无人。好几次叫他回答问题，他总是睁着一双茫然的大眼睛，面无表情，一问三不知。任凭我怎样引导，他就是不敢直视我的眼睛，歪着头盯着课桌，或者把右手手指含在嘴巴里。我耐心地引导他这样不卫生，也是不好的习惯。后来，他终于极不情愿地把手放下，又抓住一支笔用手指不停地来回搓着。我大声提醒他回答问题，逼急了他就问牛答马地乱说一通，弄得我哭笑不得，引得同学们哄堂大笑。他还是那么面无表情地一声不哼，我只好挥挥手叫他坐下。

记得我在乡下教书时，一个教学经验丰富、幽默风趣的女同事曾经情绪激动地从教室里跑出来，眼里都是深深的无助和失落，整个人像一只泄气的皮球。她瞪着一双深邃的大眼睛，气急败坏地对我："我真愿意去抬石头也不愿教一年级的孩子读书！教了一节识字课，他只认得自己的姓氏！"看着她茫然和激动的表情，我哑然失笑，内心深处对她的话极不赞同，甚至觉得她小题大做，抬石头不至于比教书轻松吧？没想到她的话在我身上应验。郭小平除了平时课堂上不认真听课，做作业更是对我耐心极大的挑战。有时一节课下来，我内心五味杂陈，遗憾、担心和着急压得我常常喘不过气来。

写字课上，别的孩子已经在专心致志地写字，郭小平却在慢腾腾地找笔，找一下又到处望一眼，遇到什么吸引他的东西，眼珠子像被钉子盯在上面，再也移不开。我笑着提醒他："小宝贝，快写字。"他才如梦初醒般回过神来，准备写字时发现铅笔没有削，又开始找削笔刀。一会儿在书包里乱翻，一会儿又在桌子上乱找，弄得同桌很生气，严重影响了别人写字。后来找不到就干脆在那里玩。我假装没看见，暗暗观察他能玩多久。想不到一个纸屑他也能玩上半天，还陶醉其间，嘴里念念有词。旁边的同学大声向我报告："老师，他没有削笔刀……"顿时，所有同学的眼睛齐刷刷地投向那里。有的孩子趁机开始讲小话，还有的孩子爬得高高地向这边张望，教室里像炸了锅一样喧闹起来。我的耐心再一次受到极大的挑战，我恨不得狠狠地批评他一顿，甚至把他赶出教室。但话刚要出口我忽然转念一想，对待这样的孩子只能感化，不能操之过急。我长长地吐了一口气，转而对同学们说："孩子们，郭小平做得对不对？我们在上课前要不要准备好所有的学习用品呢？"孩子们争先恐后地说："他做得不对。""我们不能向他学习。""上课前要准备好所有的东西。"……看着孩子们懂事、可爱的小脸蛋，我心里稍稍安慰一些，连忙趁热打铁，激励他们说："我们现在比赛写字，你们想不想得到老师的奖励呢？"教室里顿时安静下来，他们像一只只温顺的小绵羊，异口同声地说：

“想。”听着孩子们发自内心的声音，我忽然觉得那是山间清泉奏出的音韵，心里顿时温暖无比。我走到郭小平身边，小声地在他同桌那里借了一个转笔刀帮他把笔削好递给他，他依旧面无表情地接过去。我鼓励他说：“郭小平还是很乖的对不对？你也想得到老师的奖品对不对？来，赶快加油吧，我相信你一定会超过他们的。”他看看我，依然是面无表情。

开始写字了，我想这一下他总该安静了。做梦也让人想不到的是，他的书写差点让我崩溃！一个字至少要写几分钟，每写一笔都要看一眼，刚要写时发现又忘记要写的字，然后又再看一眼再写，还是把这一笔写错。接着又慢吞吞地找橡皮擦，找了半天也找不到。就用手指抹，弄得本子上、书上、手上黑乎乎的，本子更是千疮百孔。更让我着急的是，他居然能稳坐钓鱼台，也不找其他同学借。他的同桌又会打小报告说：“老师，他没有橡皮擦，就在这里耍。”引得教室里又是一阵骚动。课堂经他这样反复折腾，学生显得浮躁和不安，我备感身心疲惫。只见他在那里旁若无人，擦了写，写了擦……我走过去，耐着性子手把手地教他写，但是他的手始终不跟着我的笔来。写的字歪歪扭扭，几个字写下来，我大汗淋漓，信心全无。我强压心头怒火，耐心地引导他：“写字前，我们要学会观察，看看它是什么结构，由几部分组成。书写时要用心记，写一次就要记住这个字怎么写的，再写第二个字，不要写完后就忘记了，这样永远记不住。”只要我一离开，他又故态重演，写了擦，擦了写，把自己弄得像一只小花猫。其他孩子已经把生字写完，他才写了几个，这不，下课铃声响了。

课间活动，他从来不和别的同学玩，像个小偷一样左顾右盼，这里瞟一下，那里摸一下，要不就在座位上发呆。我知道这是一个性格孤僻的孩子。

为了了解情况，我对他进行了家访。他们家的生活现状让人堪忧：孩子的父亲常年在外打工，家里有一个读高中的姐姐。母亲对这个男孩很溺爱，很少让孩子单独出门，从小就养成了饭来张口、衣来伸手的坏习惯。做作业前他总是很依赖母亲，养成了不动脑的习惯，每天母亲还会给他送吃的到学校。我告诉孩子的母亲，必须让孩子学会独立，自己的事情自己做，不能再拿零食到学校，这样才能让孩子彻底脱离她的怀抱。她点头答应了。

有了孩子母亲的配合，我对孩子的引导有了信心，我决定先从心理上教育他、感化他，训练他动手的能力；然后培养他的集体意识，让他感受到班集体的温暖与力量；最后再纠正他课堂上所有的不良习性，学会敬畏老师，明白自己的身份和责任。

在我的潜意识里，好的师生关系应该是融洽、轻松、愉快、没有距离感的。我把他的座位调到我的讲桌旁边，一有空我就和他聊天。给他讲列宁、毛泽东、司马迁等名人小时候的故事，让诚实、爱学习、爱动脑的美德浸润他的心灵；讲我们身边的好人好事、先进个人。他听得津津有味，偶尔我能从他眼神里捕捉到他的心动。他的表现犹如给我注射了一支强心针，让我信心满满。我经常和他聊一些小孩子关心的话题：“你喜欢什么玩具？”“今天母亲给你做了什么好吃的？”“你最喜欢吃什么？”他佯装不知，不看我也不回答我，只静静地坐着。

我决定利用班集体的力量感化他。课外活动，叫孩子们和我玩老鹰捉小鸡的游戏，我故意安排郭小平当母鸡，我当老鹰。活动开始了，我张开手臂，夸张地睁大眼睛，紧紧盯着我的“猎物”，追着“小鸡”跑。后面的孩子一边跑一边叫着：“郭小平，快跑，千万别让‘老鹰’抓住了！”他们异常兴奋，小脸蛋红彤彤的，左躲右闪，可爱极了。再看郭小平，他既无热情，也不躲闪，冷漠地看着我。我一下就抓住一个孩子，假装张大嘴巴要吃她。其他孩子很泄气，有人还发出了叹息声："哎，一下子就被抓住了。"有的孩子嚷嚷着说："老师，我来当母鸡！"为了不打消其他孩子的积极性，我把郭小平换下来，让他加入到小鸡的行列。这下同学们叫得更欢，他们紧紧跟在"母鸡"后面，像一条条小泥鳅，我始终抓不住他们。他们开心极了，直到上课铃声响了仍觉得意犹未尽。我抓住时机对他们说："如果你们认真听课，好好学习，以后我们经常玩游戏，好不好？"孩子们虔诚地、大声地说好。接下来这堂课我发现他们听得很认真，端端正正地坐在座位上，回答问题很踊跃，生怕我收回刚才的承诺。

几天下来，同学们不光对活动有兴趣，学习上进步也很大。郭小平似乎对活动产生了兴趣，后来他能积极配合我，我心里闪过一丝激动和欣慰。每天下课后我仍然对他嘘寒问暖，对他进行心理引导，我坚信会有"精诚所至，金石为开"的那一天。有一天我问他："想不想当个乖孩子？"他说想，虽然声音小得像蚊子叫，但我从他的嘴型中知道，我脑海里闪过一丝安慰，心里备感轻松。我问他："家里都有谁？父母最喜欢谁？你平时喜欢干什么？"他一一回答我，让我很意外和开心。接连几周，我持续加大对他的吸引力，一是在课堂上展示语文的魅力，二是让他从我这里获得真、诚、信，三是对他和学生们宣传健康生活主张。我要求他每天主动向我问好，主动和同学们打招呼。刚开始他很拒绝，始终扭扭捏捏张不开口。我不厌其烦地鼓励他，慢慢地，他能主动和同学们打招呼，也能和大家融洽相处。我还安排他擦黑板、做值日、帮我烧开水之类的小事，让他在动手中成长。

我的第一二步计划成功后，兴奋之余，思索着如何引导他上课听讲和动脑的问题。课堂上除了监督、要求和引导外，激励就显得尤为重要了，只要他开口讲话就能得到我和同学们热烈的掌声。但对他不动脑会进行惩罚，让他站着，直到下一个问题回答正确为止，让他知道怎样用脑思考和对老师敬畏。慢慢地，我发现他能坚持认真听课几分钟到十几分钟，我心里有了“柳暗花明又一村”的惊喜；做作业前，我先督促他迅速摆好文具，然后手把手地教他写几个字，要求他必须照着我的样子用心写。如果写错一个字要罚写五个，即便是写错了也不能马上去擦，必须在我规定的时间内写完，再去纠错，这样训练了他的细心和速度。做练习册时，我在全班统一读要求，然后让学生自己动脑做，做完后再统一订正。尽管他错得离谱，但我还是欣慰，毕竟他能主动学习了。慢慢地，我对他的要求逐步加强、加深，他看出了我的决心，知道耍赖是行不通的，渐渐地，他能按照我的要求来做。第二单元语文测试，他考了四十几分，离及格只有一步之遥。我还是感到欣慰，付出终于有了回报，他正朝着我希望的方向发展。虽然有时候他还是坚持不久，但是我绝不放松对他的要求，否则就前功尽弃。通过一段时间的观察，我发现这个孩子头脑并不笨，是可以教化的。

时间如蜗牛爬行般缓慢，在希望与失望的交织中，我的耐性出奇地好。一周过去了，一个月过去了，三个多月过去了，孩子的变化让我欣慰：期末语文考了八十多分，数学考了九十多分。孩子性格开朗了，生活能够自理，自信和笑容已经回到他的脸上，课余时间他特别喜欢待在我身边。从教二十多年来，我所教的每一届学生都对我有很深的感情，他们纪律良好、会体贴人、班风纯洁、乐观上进，这是我最值得自豪和欣慰的。

欣慰之余，我对爱与责任有了更深的理解：爱孩子就是爱自己、爱教育，更是一份责任。爱是世界上最有温度的语言；爱是开启心灵的钥匙；爱能创造出无限的可能。虽然有时候我对孩子们的要求很严格，但我会努力做到晓之以理，动之以情，最终让他们心服口服。

苏霍姆林斯基说过："人是教育的最高价值。"这里的"人"指的就是儿童，因此我们要尊重他们的尊严，帮助每个孩子成为最幸福的自己，幸福是至关重要的。儿童的幸福应该表现在主动学习、爱上学习，学习应该是轻松愉快的，而不是老师和家长强加的。这就需要他们有良好的、健康的、积极的心态。良好的心态能激发学习的兴趣，兴趣才是最好的老师。我们只有低下身子，放低姿态，把目光对准孩子的心灵，倾听他们的心跳，感受他们的脉搏，和他们灵魂对话，和他们心灵共舞，他们才会回报我们一个积极的、良好的心态。从对郭小平的引导转变中我不得不发出慨叹：健康的心理能创造无限的可能。

一个孩子就是一首无言的小诗，诗中有潺潺的小溪，有动人的歌声，有迷人的风景；每个孩子就是一朵含苞的花蕾，在阳光雨露的润泽下芳香宜人。对于那些迟开的花儿，需要我们用耐心和真情去浇灌，他们才会慢慢地发芽、长叶、开花、结果。让我们多一分真诚和耐心，静待花开吧！

年 味

新年踏着喜庆的脚步，旖旎而来，快乐浸润神州大地。我满怀喜悦之情，虔诚地迎接它的到来：打扫卫生、置办年货、下乡垒坟……今天终于一切准备就绪，决定出去走走。新改建的政府广场，在夜色中流光溢彩，震撼人心，浓郁的年味扑面而来。

广场上，巨型的大红灯笼，稳稳矗立在广场中央，上面贴着巨大的“年”字和“福”字，在向人们昭告新年的到来。柔和的光线，穿透薄薄的夜色，温柔地洒向人间，我激动的心情瞬间点燃。漫步广场，到处都是霓虹灯、草坪灯、喷泉灯和形态各异的装饰灯，灯光闪烁，辉煌耀眼，像天际的明月，像花海，像海市蜃楼般缥缈。灯光错落有致，绝无拥挤和复杂的感觉。这边灯刚灭，那边便出其不意地亮起来，好像与人们捉迷藏。

红的、黄的、紫的、绿的、白的，上演了一幕幕色彩大会演。光与影、明与暗、炫与酷在夜色里是那样醒目、温暖、大气、富有。在光与影的映衬下，广场更加金碧辉煌，就像灯的世界，光的海洋。

春已飘然而至，在渐渐泛绿的花坛里燃起了如火的春色，灼烧了冬日的沉沉寒意。轻柔的风夹杂着湿润的芳香，轻轻拂过，那是春的旋律。嫩黄的迎春花像一个个小喇叭，扯着大嗓门，得意地告诉人们：春天来了。粉红的桃花，像少女娇嫩的脸，淡淡的花香，像少女特有的体香，清新淡雅。火红的木棉花，像一团团燃烧的火，点燃了春的色彩与希望。各色树木，嫩黄、朱红、翠绿的枝叶迫不及待地往外冒、往外冒……

街上又是一番热闹的景象。商场里商品琳琅满目，应有尽有：生的、熟的、热的、冷的，一应俱全；吃的、喝的、穿的、用的，应有尽有；中国的、进口的，争相竞美。只要包里有钱，想买什么都能买到。提着大包小包的商品，人们脸上洋溢的笑容和从容，让年更温暖、更生动、更饱满。这时，年是富贵的、大气的、奢侈的、随心所欲的。透过人们的购物、穿着，我感动着、幸福着、慨叹着、思索着……

小时候对过年的企盼，如夜行者对黎明的期盼，如饥饿者对食物的渴求。腊月一到，我们便天天掰着手指头算，感觉一天的时间太过漫长。从大人紧锁的眉头里，我们狂妄的心情稍稍收敛，在心底默默地乞求：年呀，你什么时候才能到啊？快点来吧！再快一点！

吃腊八粥是我们的快乐和向往。一大早，母亲便起床忙碌。黄豆、胡豆、扁豆、豇豆，反正那时种的豆子，一股脑儿地全派上用场。她用一个大盆装上水，把豆子倒在里面。水面翻起一个个水泡，那时，我是激动的，围着母亲寸步不离。她从竹竿上取下一些腊肉和排骨，切成小块泡在水里，又到地里砍一些蔬菜，作料准备好。一切准备就绪，就在灶膛里架起榆树疙瘩烧起来。火苗疯狂地舔着锅底，发出“轰轰轰”的响声，更增添了节日的喜庆。排骨的醇香从锅边溜出来，我们眼睛一眨不眨地盯着锅里，狠狠地咽了几口口水。开饭时间一到，我端起碗，迫不及待地吃起来，温暖瞬间溜进肚里，小脸蛋泛着红光，快乐在眉梢眼角展现出来。一眨眼间，两碗饭已下肚，拍拍鼓鼓的肚皮，心里满是快乐与知足。

腊月初八一过，时间如流星划过。母亲赶集的次数明显增多，她把自家种的东西拿到集市上去卖，换成钱给我们买新衣服和置办年货。大年三十那天，到处一派忙碌的景象：洗门窗的、洗桌椅板凳的、准备吃的、贴对联的，让年味更加丰富。中午十一点过，有些性急的人，便迫不及待地燃起了鞭炮。孩子们争着跑去看，一边跑一边喊：“过年了！过年了！”叫喊声感染着人们。不一会儿，到处都是噼噼啪啪的鞭炮声。村庄淹没在喜庆的声韵里，饭菜的香味，夹杂着孩子们的喊叫，年在心中温暖起来。吃过午饭，家家户户，男女老少，一起去祭祖。吃的、喝的端了满满一大盘，恭恭敬敬地放在坟头。鞭炮的嘶鸣，寄托着儿孙们无限的哀思与怀想。大年三十晚上，一家人围在一起守岁，大人们吃着瓜子，闲聊着。小孩子们拿到几毛或几块的压岁钱，心里乐开了花，不一会儿便进入梦乡。大年初一早上，我们老早就睁着眼睛盼天亮。母亲一早起来，挨个小声叫我们。新衣服、新鞋袜早被她放在我们的床边。穿戴好后，一骨碌下床。母亲早已煮好汤圆、鸡蛋等着我们上桌。饭后，我们口袋里装满了葵花子、南瓜子等零食。院子里到处欢歌笑语，门上鲜红的对联，像燃烧的火，像催化剂，渲染着喜庆。红红的灯笼，让团圆与幸福更饱满、更生动。人们穿梭在各个院子，或喝茶、或聊天、或玩牌、或烤火。孩子们别提有多兴奋：他们争着比谁的衣服好看，谁的压岁钱多，谁的零食好吃……继而玩游戏、放鞭炮。追逐声、嬉笑声，和着大人们的高谈阔论，在各个院子飘扬。这时，年是喜庆，是纯粹，是温暖，更是质朴、亲近与自然。年还是厚重的、让人刻骨铭心的。

不同的年代，人们对年有不同的期盼与祝福。不管时代如何变迁，年始终代表一种传统、一种文明、一种习俗，将永远扎根在华夏儿女心中。年既是对过去的辞别，又是对新一年的期盼与憧憬。正如四季交替的风景，冬天过去，春天就会粉墨登场。

宿　命

“生死由命，富贵在天。”“凡事都有因果报应，人自己是无能为力的。”这些是老一辈人常常挂在嘴边的话。每每听到这些带有神秘色彩的话，我总是半信半疑。说实话，我们祖祖辈辈都是无神论者，上至风烛残年的老人，下至少不更事的孩童，都不信命的。但二十年后见到梅的一刹那，我对宿命有了新的认识。

二十年前，因为爱人的战友志而认识了她。她叫梅，正与志谈恋爱。志是一位身材高大、英俊潇洒的男人，皮肤白皙，性格秉性都很好。盛夏的一个下午，志满面春风地带着她来到我家。我顿觉眼前一亮：她高高的个子，身材苗条，一头瀑布般乌黑的长发自然下垂，一对乌黑的大眼睛里满是清澈与温柔，看一眼就让人难忘。她面容姣好，一张精致的瓜子脸上，写满秀气与清新。她脸上总有浅浅的微笑，很美也很动人。她说话柔柔的，像微风拂过湖面，不由得让人心湖泛起了涟漪。一袭白色连衣裙，好像仙女下凡。说实话，我也挺喜欢她的，志更是钟情于她，举手投足之间都掩饰不住笑意。

时间在我们忙碌的工作中飞快流逝，一年一度的春节来临。爱人回家探亲，志也带着他的女朋友上我家。我感到诧异，她竟然不是梅。她叫芳，是一名人民教师，据说家里很富有。她中等身材，胖乎乎的，没有梅的清秀脱俗，但也面色红润，性格活泼开朗。芳对志特别钟情，看他时眼里充满了柔情，吃饭时不停地往志碗里夹菜。志淡淡地应付着，他对芳一点也不热情。后来我才知道，梅的父母嫌弃志老家太远太穷，强烈阻止他们交往。梅既不敢违背父母意愿，又对婚后面临两地分居而迟疑不决。志的父母对梅也不满意，他们就这么面和心不合、不冷不热地相处着。志左右为难，他一边不想违背父母意愿，另一边芳却展开猛烈的攻势。志在朋友的建议下，决定通过抓阄的方式决定梅与芳的去与留。结果三次抓阄下来都抓到了芳，志犹豫不决的心终于放下。他忽然觉得这是命运的安排，毅然决定和芳共度一生。谁也没想到，志通过抓阄做的决定，命运之神并没有垂爱他，还把他送上了断头台。

在一个风和日丽的周末，志和战友正在喝茶，值班室的人叫志去接电话。电话是芳打来的，她告诉志，父母叫他春节早点请假回去结婚。电话那头，芳甜蜜的声音飞跃千山万水直扑耳边，志既激动又感到无比温暖，两人卿卿我我聊了好一会儿才恋恋不舍挂了电话。满怀喜悦的志信步来到大食堂，他看到采购员军把食材放入仓库，钥匙挂在门上还没来得及锁，就帮着军去关仓库大门。他刚把大门关上，就在这时，只听见一声巨大的撞击声，紧接着又是一声惨叫声传来。军这才发现闯祸了，慌忙从车上下来。原来他把倒车挡当成了前进挡，油门一踩，车飞速后退，把正在锁门的志撞了个正着，志被死死地挤压在门上。眼看志痛苦不堪、脸色惨白、呼吸困难，军吓坏了，连忙叫人帮忙把志抬上车，飞速送往三十里外的县城抢救。一到医院，医生马上给志做手术。打开志内脏的一刹那，血喷涌而出，医生和护士也惊呆了。志的内脏全部破裂，医生无奈地摇摇头。他没有回天之术，挽回不了志的命。就这样，志还没来得及说一句话，也没来得及再看一眼这可爱的世界，就带着痛苦和遗憾走了。

噩耗传来，我感到震惊和害怕，芳也哭得死去活来。她专门请假去部队把志的骨灰领回来，亲自葬在志的老家。从那以后，别人都说是芳命硬克了志的命，很多人都拒绝和她谈对象，眼看芳已经二十五岁还孑然一身。后来刚到芳单位不久的云不顾众人劝说，毅然决然和芳结了婚。婚后芳生了一个健康可爱的女儿，她和云恩爱有加，生活很美满。我常常在想，如果那一天芳没有告诉志要结婚的事，是不是志就不会失去生命呢？如果梅与志在一起又是怎样的情形呢？

二十年后的一天，我与几个朋友在一起玩。一会儿梅来了，当朋友介绍她是梅时，我感到震惊和愕然！我简直认不出她来：一双明亮的大眼睛失去了往昔的光芒，里面写满了沧桑、疲惫与胆怯。松弛的皮肤把一张精致的小脸变得尖嘴猴腮。暗黄的脸上只剩下皮包骨，眼角有深深的皱纹。一头长发像干枯的稻草慵懒地披在头上，整个人看上去苍老憔悴。我亲切地向她打招呼，问她还认不认得我。凭直觉我发现梅躲着我，刻意回避我的话。我也不好意思多问什么，心里像灌了铅一样沉重。从朋友那里我知道了梅的处境：她与志分手后，在父母的安排下，与城里一个富家公子结了婚。刚开始几年她过得很不错，孩子出生后，那男的经常不回家、酗酒，甚至还动手打她，后来她受不了精神上的折磨离婚了。她也前前后后找了几个人准备过完余生，但都不尽如人意，至今仍然孤身一人。看到现在的梅，朋友们都说她和志是逃不脱命运的安排的，那是他们的宿命。

我为志和梅惋惜，也为梅的优柔寡断而遗憾。当初她如果不嫌弃志穷而离开他，也许他们是幸福的。我为志的去世难过，如果当初他不抓阄坚持要和梅在一起，有可能留住梅，更不会命丧黄泉。无疑云是勇敢的，他相信自己的眼睛，不听信别人的话，牢牢地把命运掌握在自己手中，终究换来了人生的幸福美满。但是人生没有如果，人一旦错过了爱情，就错过了一生。

人真的有宿命吗？真的如人们所说的生死由命，富贵在天吗？诚然，人的生老病死、因缘巧合、功名利禄等，有机缘问题，但我们要知命而不认命，要把命运牢牢掌握在自己手中，坚信自己才是命运的主宰者。常言说得好："三分天注定，七分靠打拼。"一旦我们认准的事，就要坚持，只有付出努力才能换来幸福的人生。不要总是打着宿命的幌子，为自己的懦弱找借口，更不要让别人左右我们的意志和人生，才是明智之举，才会有无怨无悔的人生。

成长，应始于劳动

著名教育家魏书生说：“盘锦市的孩子回家都要做家务。我认为学生的头等大事是承担家庭责任，这是常识。趁着他不懂事的时候养成习惯，他自己也成熟了。”对此我举双手赞成，且深有同感。

记得女儿刚九个月时就跃跃欲试想走路，我把她扶到床边，她眼神里有兴奋，自己摸索着抓住床沿站立，并能战战兢兢地走一小步。我很惊喜，还未从初为人母的喜悦中缓过劲来，孩子又给了我一份惊喜。我立即把这份喜悦分享给父母亲朋，他们建议我去买一个学步车让孩子练习走路，并说不到一岁孩子准能自己走路。我想了想，觉得不妥。孩子成长是需要过程的，该走时自然就会走，靠外力的作用对她不利，因此我没给她买学步车。接下来，我给孩子从生活上加油，每天变着花样给她做些含钙高、易消化、她爱吃的饭菜。让人没有想到的是，孩子刚满一岁就能自己走路。我欣喜若狂，像发现了新大陆一样激动、吃惊。刚开始走时，她走得很艰难，踮着脚尖，像醉汉一样，深一脚，浅一脚。由于站立不稳，迫使她一个劲地向前迈步，仿佛一停下来就会摔倒。有好几次还是摔倒了，她把求助的眼神转向我，我迫不及待地飞奔过去，心痛地抱起她，一边给她拍打身上的尘土，一边亲吻她的小脸蛋。后来，她一摔倒后就眼巴巴地等着我去扶她、安慰她。本来摔得不厉害，她完全可以自己站起来，但她还是想依赖我。我暗暗发誓：一定要让她自己成长、让她自己站起来。我便站在远处，手里拿着好吃的东西鼓励她道："宝贝好样的，自己摔倒了能自己爬起来的话，妈妈有奖励呢！"说着，我把手里的东西晃了又晃。也许东西的吸引太大，也许她从我的态度和眼神里知道，我不会帮她的。她最终放弃了求助，便试着用双手撑着，双脚触地，用力往前蹬，一下、两下，终于爬了起来，跌跌撞撞地向我扑来。我一边鼓励她，一边心疼地搂住她，把东西喂到她嘴里。她开心极了，刚才的委屈顿时烟消云散。我的心还是隐隐有点刺痛，为自己的狠心。脑海里两种意识在不断地斗争着："你真狠心，孩子那么小就让她独自承受不被关爱的残酷……""你做得很对，人生的道路，只有靠她自己去受伤、去摸索、去锻炼，才能成长。她还太小，有些道理她是不会懂的，长大后她自然就会明白，严厉才是真爱！"

从那以后，我发现她摔倒后再不叫妈妈。别的孩子但凡磕了、摔了，叫得七死八活，父母心痛得直眼泪，上演一场场苦情戏。女儿没有，她俨然像个小大人，默默地爬起来。有时看到我复杂的表情，她咯咯地笑着奔向我，我的心被女儿的温暖融化，所有的自责、后悔、不忍都抛到九霄云外。我为她感到欣慰，为自己的"狠心"而骄傲。

女儿从一岁开始，我就训练她自己吃饭。她自己也乐意，尽管她用五根手指死死地攥着筷子、调羹的憨态让人忍俊不禁，尽管桌子上被她画满了“地图”，我绝无半点怨言和指责。毕竟，她迈出了自立的第二步，我更为她感到自豪。

孩子会吃饭后，我有很多惊喜的发现。她特别细心、懂事、坚强、有爱心，有好几次，我刚把头发洗完，她就抱着电吹风给我。一句话也不说，拿眼睛直直地看着我，好像在说：“妈妈，你需要的。”我感动得热泪直流，情不自禁地抱着她一个劲地狂吻。她很开心，高兴得手舞足蹈，也许，她从付出中获得了快乐。她也很爱干净，吃饭时尽量把嘴巴噘着，不让饭菜流出来。只要发现地上有垃圾，她忙奔过去捡起来，小心地丢在垃圾桶里。那份认真，让人感动不已。每次做完作业，从不叫我帮她收拾书本，都是自己小心地、工整地把书本放在书包里。每一学期结束，我发现她的书本干干净净，完好如初。我更加坚信：孩子应从小培养劳动和动手的能力，在动手的过程中成长，获得的知识更直观、更生动，比千万遍的说教更管用。我暗自庆幸自己的狠心和懒惰，才培养出勤劳和懂事的孩子。

女儿小学毕业后，顺利地考入重点初中、重点高中。三年高中生活结束了，高考那天，爱人说开车送她去考场，她拒绝道：“不用你们送，我自己能行，你们送反而让我有压力。”大学里，我担心她生活不能自理，叫她把被子、衣服寄回来我帮她洗。她笑着说：“你不是我的保姆，没有理由这样做，我已经成人了，自己的事自己做。”对她的话，我心里窃喜。

劳动，从哲学的高度看，是主体、客体和意义的内涵集成体，是人类社会生存和发展的基础，是人维持自我生存和自我发展的唯一手段。劳动创造了价值和美。一个人爱祖国爱人民是摸不到的，但爱父母，从小承担家庭责任是看得见的。培养孩子的责任感和爱心，应从培养他的劳动习惯开始。比如从小自己洗东西，成人后帮父母做事。

学会心疼别人，在付出中体会快乐、成长、责任。有责任感的人，不努力学习都是不可能的。所以，完全不用担心他不会努力学习。这样不费力又能讨好的事，家长们何乐而不为呢？

中华民族是一个勤劳的民族，向来重视对勤劳美德的培养，并将它看成是修身、齐家和治国的重要途径。《左转》曰：“俭，德之共也；侈，恶之大也。”高尔基曾说：“只有劳动才是神圣的。”由此可见，勤劳对一个国家、一个民族，乃至个人都是至关重要的。进入新时代，学生更应该树立正确的劳动价值观，弘扬勤劳美德。劳动应从小抓起，从学生抓起，培养德才兼备的新时代的骄子就指日可待。

家庭教育，学生不能缺失的爱

著名教育家陈鹤琴说过：“没有教不好的学生，只有不会教的老师。”这是他重要的教育理念，反映出他的学生观，他认为学生都是可以教好的。但当我们面对家长对孩子的教育不负责时，我不得不导用他的话说：“没有做不好的学生，只有不负责任的家长！”我相信此话一出，很多家长一定会感到疑惑，会反驳我，甚至会骂我：“学生的好坏不是与老师有直接的关系吗？为什么要怪在我们身上？”诚然，教师的职业道德、知识水平、教育理念等对学生的影响是至关重要的，但在孩子成长的道路，家长的作用也是不容小觑的。所以家长们不要着急发难，其中的道理容我慢慢道来。

林肯说过：“教育实际便是一种早期的习惯。”

三至六岁是幼儿人生的起步阶段，同时也是各种行为习惯的养成阶段，养成良好的习惯是一个人独立于社会的基础，好的习惯将伴随孩子一生。所以，孩子从踏入校门的那一刻就是至关重要的，特别是在幼儿园阶段更应培养他们良好的习惯。但大多数家长觉得孩子还小，应该以玩耍为主，而忽略了习惯的重要性。殊不知习惯养成容易，更改就难。宋庆龄说过："有些事是可以等待的，但少年儿童的培养是不能等待的。"说的就是这个道理。在中国古代，人们理想的人生模式是"修身、齐家、治国、平天下"。其中，"修身"是家庭教育的重要内容，而"齐家"则是家庭教育所要达到的理想目标。据史书记载，曹操有三十二个子女，个个武艺超群、才华出众，这跟他重视家庭教育分不开。还有"孟母三迁""岳母刺字"这些家庭教育典范，可以说家喻户晓。这些铁的事实说明，家庭教育对孩子的成长有着举足轻重的作用，决定着孩子是否能健康成长，决定着他们未来的人生之路。家长们千万不要觉得这是危言耸听。作为老师，我们看到了形形色色的家长，也看到了各种各样的孩子。都说孩子是家长的影子，从孩子的行为上，我们大致能判断出家长在教育孩子中存在着哪些良好或者不好的行为。现实生活中，家庭教育的缺失、溺爱、放纵、漠然已成为普遍现象，孩子在没有规范和自我约束的环境下，放任自流，养成了懒惰，对自己不负责任，随心所欲的习惯，让人深思和担忧。

2020年春节后，由于疫情的影响，学生宅在家里两个多月，学校采取网上授课，老师每天不定时检查、批改学生的作业，给予他们指导。面对学生的作业，我们的心情五味杂陈。虽有些许的欣慰，但更多的是失望，还有愤怒。其中三分之一的学生是好样的，除书写认真、作业几乎无错误。另外三分之一的学生，作业做得很一般，虽然书写还算认真，但错误也不少。剩下三分之一的学生，书写差、错误连篇外，每天基本上不能按时完成作业，老师催交多次都无果。试问：疫情严重期间，所有人宅家隔离，父母都在干什么？有多少家长每天在认真陪伴、辅导、督促孩子学习？孩子书写之所以差的原因是什么？你们手把手地教过他们吗？发现他们的错误与不足，及时指出并纠正过吗？没有，这显然就是父母的不对了。当看到别的孩子做得很好时，你们难道不为自己的行为感到羞愧吗？有些人连做父母最基本的责任都不承担，你给孩子树立了什么样的榜样？真是“养不教，父之过”啊！

五月份开学后，我对全班学生进行了一次语文检测，考试结果一出，学生的成绩让我震惊、气愤和无奈。要知道，上学期期末考试，我班最低分是八十多分，而这次的成绩，一百分的没有，九十分以上的人，占全班人数的五分之一，八十分以上的占总人数的五分之一，六七十分的占总人数的五分之二，不及格的占总人数的五分之一。也就是说，中等偏下的人占了全班人数的五分之三。课堂纪律更让我们焦头烂额，不完成作业、乱写乱画、懒惰的现象特别严重。短短两个多月的时间，学生变得面目全非，谁之过？我曾询问过很多成绩差的学生，疫情期间父母在干什么。孩子说，父母每天从早到晚抱着手机，各玩各的，很少亲自辅导他们作业。大人玩、孩子玩，这就很正常不过了，环境造就人嘛。还有家长告诉我：“她的书写真让我头痛，我没有更好的办法让她改变了。”我反问她：“你怎么辅导她的？”她说：“打也打过，就是守着她时就写得好一点，我一离开她就乱写了，我也不知道该怎么办了。”言语中透出焦急与无奈。我告诉她，孩子已经养成惰性和不自觉性的习惯了。我苦口婆心地对她说：“坏习惯一旦养成是很难改的，为什么不陪着她写字，让她慢慢养成好习惯再放手呢？”她支支吾吾地说：“哪有那么多时间，我想等她长大了自然就写好了。”对她的话我感到震惊和愤怒：长大了自然就会了。那照她的话说，现在学生天天耍，长大了自然什么都懂了？我强压心头的不快，反问她："你爱孩子吗？"她有点激动地说："哪个做父母的不爱自己的孩子？""你知道什么才是真爱吗？"我问。"她要什么我给她买什么，家里好东西全都给她，她还是不听话。"说着，眼圈居然红了。我安慰她说："也许，你的心情可以理解，但你的做法就让人不可接受。爱她就要严格要求她、陪伴她。从今天开始一定要严格要求，发现她乱写就叫她擦掉重新写，什么时候写好了才能吃饭、才能玩，这样给她敬畏，让她知道自己的责任是什么，从而养成一个良好的习惯。"她讪讪地说："我试试吧。"后来我发现孩子的字依然毫无好转，我突然感到一股寒意从脊骨冒出。一个孩子就让家长们束手无策，而我们面对的是八十多人的超级大班。此时，我不知道是该为孩子难过，还是该为父母悲哀。才二年级的孩子，父母居然感到无能为力，试想，孩子上了高年级怎么办？上了初高中又怎么办？任其自生自灭吗？从这里折射出众多既无方法也无耐性和责任心的父母形象。陶行知曾说过："幼儿好比幼苗，培育得宜，方能发芽滋长，否则幼年受了伤害，即使不夭折，也难成材。"是啊，家庭教育对孩子成长的重要性是不容忽视的。但众多家庭教育存在两种极端心理，一是忽视，任其像茅草一样自生自灭。二是期望太大，又像揠苗助长，反而促使其夭折。所以，父母一定要拿出足够的耐心和陪伴才能拯救他们，把他们从错误的边缘拉回来。所以，家庭教育一定要配合学校教育才能如虎添翼。

学校教育离开家庭教育的配合，犹如纸上谈兵。回顾二十多年的教学生涯，我对孩子的教育比较看重两点。首先是良好的道德品质教育，这是每个孩子都应具备的最起码的品质，否则什么爱师尊友、助人为乐，一切都如美丽的肥皂泡般虚幻。其次是培养孩子良好的行为习惯。我对于那些学习或者行为习惯上有问题的学生，除了苦口婆心的教育、引导外，及时和家长沟通，有的家长不但不理解老师的良苦用心，反而觉得我过于严厉，以致把我的话当作耳边风，把我们置于雪上加霜的境地。二十多年的职业生涯，我对各种各样的学生了如指掌，但凡成绩较差或是成绩不稳定的学生，几乎都是课堂上不认真听课、懒惰和家里缺少引导和陪伴造成的。常常是我在上面讲，他们在下面讲，一旦抽问起来，他们的回答可以用“问牛答马”“一问三不知”来形容，有时真让我啼笑皆非。我记得有一个女生，课堂上她总是不停地前前后后说话，我叫她一声，她就停下来，我转身在黑板上写字时，她又说个不停，作业常常不能按时完成，我让她把作业带回家给家长看，第二天依然是空着的。我问她：“给家长看了吗？”她说看了。“那为什么还是没做？父母给你辅导了吗？”我问。她说：“爸爸在玩手机，妈妈在看电视，叫我自己做。”还有一个男生更是懒惰成性，家里从不过问他的作业。课堂上，他从不按时完成作业，甚至不愿动笔。我在评讲作业时，他既不认真听，错了的题也不会动手改过来。我提醒他，他才回过神来，我转身在黑板上写，他又自顾自地玩起来。反复这样，不仅严重影响了其他学生，还耽误了我的教学进度。虽然我很着急和生气，但是我依然会耐着性子给他们讲道理，与父母多次沟通无果，他还是我行我素。这样的事例太多太多，一些家长对孩子的学习漠不关心已成为一种现状，家长的漠然让我有时真怀疑这孩子是不是亲生的。

我班有十多个非常聪明的孩子，由于家里管理不到位，让他们养成了撒谎、懒惰、乱写的习惯，尽管我苦口婆心地引导、要求，他们慑于老师的威严，在学校能按老师的要求做，但一回到家又原形毕露。反复这样，孩子既养不成好的习惯，对他们人格的培养也就无从谈起。对于那些特别调皮捣蛋又缺少家庭陪伴、引导的孩子，光靠讲道理是行不通的，无奈的感觉常常冲击着我，我甚至感到束手无策。本想对他们给予一定的惩罚，但一想到家长的袒护、溺爱和无理取闹，我退缩了。顿生出一种悲哀，为自己，也为天下所有的老师。近几年来，网络上各种对教师的攻击、歪曲、误解，让我常常感到后怕。让学生们“胡作非为”“自生自灭”吧，良心又让我惴惴不安，真让我进退两难。我常常在思索：孩子的教育问题，表面看是对孩子的教育方法和态度的问题，其实是检验父母的责任、思想道德品质和行为习惯的问题。父母应该是教育的先行者、排头兵，只有打好头仗，才能激发士气，这就需要父母以身作则，给孩子做好榜样。

好父母都是学出来的，没有天生成功的父母，也没有不需要学习的父母，每一个人在做父母之前都要学习相关的知识。优秀的父母，在教育孩子的问题上可以说煞费苦心，他们基本上都有以下行动：1. 教孩子学会做人。2. 教孩子学会求知。3. 培养孩子对学习的热爱。4. 和孩子交流、陪伴。5. 帮助孩子做到有条理。6. 对孩子有较高的期望。有的父母将孩子的不良习惯怪罪到学校老师和孩子身上，唯独没有怪罪在自己身上。在家里，我们要和孩子多沟通，多用心倾听，让他们把自己想说的话说出来，站在孩子的角度，正确的就支持，错误的就及时纠正。常言道：“近朱者赤，近墨者黑。”父母好的品质、意志和胸襟是会通过父母的行为潜移默化浸入孩子血肉灵魂里的。所以家长不要小看家庭教育的重要性，看一个孩子的品性，就能折射出一个家庭父母的品行。

“一分汗水，一分收获。”这是亘古不变的真理。每一个横空出世的奇迹，都是父母在奋力托举。家长们千万不要把孩子的不是全怪罪给老师，扪心自问一下，你对孩子做了些什么？做了哪些表率？为什么别人能做到的事，自己做不到？同样是人，孩子都处在同一个起跑线上，为什么你的孩子总是落后于别人，这就要好好反思了。作为教师，我们应该以“没有教不好的学生”来要求和激励自己，但作为家长，你们是不是该以“没有教不好的孩子，只有不配合的家长”来要求自己呢？家庭教育是学生不能缺失的爱，所以，每个家长都应和学校手挽手，肩并肩，为学生筑起一道通往健康、阳光、乐学、善思的爱的桥梁。

第四辑

那边风景独好

云南，我心灵的约会

一、石林

云南，这个神奇美丽的地方，一直让我魂牵梦绕。暑假我终于有幸去了一趟云南，一下飞机，旅游大巴早已等在那里，热情的彝族阿诗玛大姐让我们有宾至如归的温暖。踏上这片土地，我便被深深吸引着，炎炎夏日下没有炙热烦闷，空气异常清新，一阵微风拂来，惬意顿生。我迫不及待地想融入它的怀抱、倾听它的声音，和它来一场心灵的约会。

带着无限的期待，我们游览了被称为“天下第一奇观”的昆明石林，也叫云南石林。它是国家AAAAA级旅游景区，被联合国文教科评为“世界地质公园”“世界自然遗产风光”。石林因石多似林而闻名，这里奇峰兀立，怪石嶙峋，气象万千，素有“冬无严寒，夏无酷暑，四季如春”的美誉。

在石林的入口处，有一个天然的石林湖，湖水湛蓝清澈，如蓝色的锦缎铺在微波粼粼中，别有一番韵味。湖边各色树木花草美不胜收，像是欢迎远道而来的客人。湖中一尊石峰突出水面，它慈眉善目，充满爱怜地注视着天下苍生，这就是有名的“出水观音”。我激动的心情瞬间被点燃，满怀敬意地双手合十，虔诚地接受出水观音的普润。石门右侧石峰上赫然写着“石林”两个隶书大字，与拔地而起的石柱、石峰交相辉映，一片黑灰色的石块如雨后春笋，兀自矗立在空旷的平地，直冲云霄。石柱上留有许多名人墨客的墨宝，更增添了它神秘的色彩。我敬畏顿生，不仅浮想联翩，这就是最著名的大石林。

石林从高处看，仿佛盘古开天时劈断了的一座座山峰，留下了一道道痕迹，更像是女娲竖起的一根根擎天柱。从整体看，石林有的像城堡，充满了神秘感；有的像火箭，仿佛随时可以腾空而起；有的像直立的恐龙，庞大而逼真；有的像密密麻麻的春笋，历经风雨的洗礼，依然坚挺。它们形态各异，栩栩如生，我的敬畏之情溢于言表。

石林中的一根根石柱，有的如屏风；有的如雕琢精致的玉石华表；有的如一根圆竹子；有的如手臂……其中一块最大的石柱非常引人注目，这里有一个凄美的传说：美丽勇敢的阿诗玛，为了和心爱的阿黑哥生活在一起，以死抵抗财主的威逼利诱，最后化成了这座石峰。望着它，恻隐和敬重之情油然而生，我仿佛看到阿诗玛是如何同恶魔抗争的。那栩栩如生的神态吸引了无数青年男女在此徘徊、流连。望着眼前这些石柱，强烈的震撼扑面而来，我惊叹大自然的鬼斧神工，我仿佛看到曾经的沧海桑田，在烈火的焚烧下，在风霜雨雪的洗礼下蜕变成这绝世的风景，正如中华民族，历经千百年的沧桑，依然挺立在世界的东方，让世人永远仰仗。

石柱上线条顺畅，呈淡淡浅灰色，像画家精湛的素描，神奇与完美结合，让人大开眼界，灰与白见证着历史的厚重。站在石柱下，抬头仰望，我体会到它的博大、伟岸、宽厚与敦实。摸着一根根石柱，我仿佛摸到了中华龙的脊梁，内心满满的激动与自豪，对大自然的敬畏之情油然而生。攀登完石柱，来到石林长湖，眼前豁然开朗，站在空旷的草地上，远处山峰竞秀，近处湖水碧绿，映着绿色的草坪，与蓝天浑然一体，一片祥和宁静的绿色世界，让人心情异常舒畅，尘世的喧嚣被融化在这清新之中。

漫步步哨山，就多了一份历史的厚重。相传清末石林彝民义军首领赵发曾在此山驻防，设步哨巡山而得名。山顶海拔1796米，高出大石林望风亭近50米，为石林景区海拔最高。登高远望，林海松涛，柱石参差，美不胜收，大自然是何等神奇，热爱之情汹涌在我心间。漫步山间，石林卓越，剑锋罗列，众多的化石记录着2.7亿年前石林地区生机勃勃的海底世界，我仿佛看到海底世界的秀美与神奇，历经沧海桑田，岁月记录着变迁。

方圆数十里的李子园箐，在荒山野丘上，布满了奇柱异石，它们有聚有散，有起有伏，没有多少高树与石林争高，保持着自然的风貌。岩壁上还刻有原始宗教内容，有奔放粗犷的人、兽、物、星月等图像。放眼望去，小石林满山遍野都是密密麻麻的石头，近看石头上布满裂痕，这里曾是一片汪洋，历经几百年的风雨依然坚挺，我仿佛看到一种精神，在夕阳的照射下，拉得很长很长……

石林，每座石峰都有不同的韵味和传说，注入了历史的厚重与传奇，让人敬畏与遐想。这神奇的土地，大自然的清新与厚重氤氲在心间，我恋恋不舍地一步三回头，石林退出我的视线，在心头挺拔成一座丰碑。

二、玉龙雪山

领略了石林的壮观，我们跟随纳西族胖金妹导游去丽江玉龙雪山。它是纳西族心中的神山，代表爱情忠贞、纯洁和美好的净土，也是去丽江的必经之处。一路上，热情的纳西族老乡，滔滔不绝地给我们讲述起这片神奇土地上的风土人情和美丽的传说：相传纳西女子开美久命金和男子朱补羽勒盘深深相爱，遭到父母反对后，双双殉情而死。后来开美久命金化作风神，在玉龙雪山顶上营造了一个情人天堂。听着凄美缠绵的故事，对他们追求爱情、渴望自由而献身的勇敢精神充满了同情和敬佩。玉龙雪山的闻名还在于它有丰富的原始森林，是古代和现代冰川的遗址。

在期盼中，到了玉龙雪山脚下，我们坐索道去雪山上的冰川公园，这是玉龙雪山现代冰川的典型代表，有“卢塞恩玻璃宫”之称。我们在全封闭的索道里，尽览雪山植被的垂直分布情况，高大挺拔的各种松树、杉树尽收眼底，附着在山岩上的苔藓植被和茫茫大雪，很是壮观和神奇。下了索道，就步入冰川公园，这也是古代冰川的遗址，我们在这里看雪景、滑雪、打雪仗，让这大自然馈赠的白玉润泽我们久渴逢甘露的心田。捧起一捧雪，犹如捧着纳西族人民干净质朴的心。雪对于南方长大的我们有更多的向往和惊喜，新鲜的刺激扑面而来，阵阵凉意，驱散了夏日的烦躁，心情格外舒畅。在海拔4506米至4800米的雪域里，人们挑战着极限，超越自我，在万年冰雪的圣洁中，远离生死，净化灵魂。站在山顶看屹立天际的雪山冰峰尤为壮观，周围的山峰迷离深远，“一览众山小”的豪迈顿生，忽然觉得自己就是万物的主宰，登高望远，超越自然的快乐和自信弥漫心间，对这雄伟壮丽的大自然产生无限的热爱。

坐滑道从冰川公园下滑至4506米的地方就是甘海子，看雪山最佳的地方，是玉龙山下的天然大牧场。开阔的草地上成群的牦牛、牧马、绵羊慵懒地散步，像给绿色的草地上镶嵌着一朵朵白色和黑色的大花，生动而美丽。远处的雪山洁白高耸，在太阳的照射下，圣洁耀眼，天空飘着轻纱般的薄雾，雪山似乎离我们很近又仿佛很远，恍如人间仙境。我仿佛看到圣洁的雪山顶上，两个相爱的人深情相拥，说着世世代代都说不完的情话。心中波涛汹涌，眼里迷茫一片，内心被圣洁的爱情感动着。呼吸着清新的空气，这神奇的神山在我心中屹立着，我虔诚地默默祈祷：愿天下有情人能终成眷属。我们庄重地接受大自然的洗礼，尘世的喧嚣通通抛在脑后，心情宁静而美好。

在玉龙山脚下，花草繁茂，一派生机盎然的景象。抬头看远处的雪山，阳光下的雪山洁白光亮，山顶被衬托得更加高大雄伟，气势磅礴，让人生畏。它如一位“犹抱琵琶半遮面”的仙女端坐在雪山上，给了山灵性与柔美。雪山顶上是茫茫雪海，山下是茫茫林海，四季美景尽收眼底。强烈的季节转换，使我们兴奋不已，我带着无比的虔诚和敬畏望着这直插云霄、傲然挺立的雪山，感到自己的渺小，自然的伟大和神奇。享受完雪山的豪迈，我们又投身蓝月湖的秀美中。

蓝月谷在雪山脚下的山谷里，晴天的时候，水是蓝色的，远远望去，就像一轮蓝色的月亮镶嵌在玉龙雪山下，我们仿佛来到了世外桃源。站在湖边，望着蓝色的湖水，我由衷地发出惊叹：“这是天然的水吗？”湖水好像用蓝色颜料浸染而成，水面像铺了一层蓝色的玛瑙，闪烁着湛蓝的荧光，蓝得生动、蓝得纯粹、蓝得醉人，与蓝天相辉映，干净如我的虔诚之心，纤尘不染。我迫不及待地捧起一捧水，发现水是清澈的，让这清凉和洁净的水，洗去尘世间留给我们的灰尘和污垢，把干净的心交付这碧水蓝天里。从湖面上游飞溅而下的水花，如身着洁白衣服的凌波仙子，翩然而至，欢笑声感染着我们，随着白云飘向更远。女儿欢呼雀跃，把清俊的笑脸投进湖水里，我忽然觉得她就是在瑶池嬉戏的凌波仙子。阳光下的蓝月湖，更像是王母娘娘的瑶池被移至于此。远处洁白的雪山，近处碧蓝的湖水，嬉戏的人们，各色鲜艳的花草树木，我沉醉在天堂一般的幻境里。山的清俊、水的柔美，人与自然是如此和谐。站在溪边争着留影的人们，也包括我，想要把这青山绿水永远定格在相机里。一个个镜头，一幅幅绝美的画面，浓郁在湖水里，定格在人们心中。这一方清凉的胜地，在炎热的夏季里是如此美妙，让我们乐不思蜀。

体念了玉龙雪山的神奇美丽，丽江的人与水勾起我的遐想。丽江，这座世界文化遗产古城，带给我们不一样的视听盛宴。张艺谋导演的以雪山为背景的大型实景演出，震撼着人心。演出分为“古道马帮”“对酒雪山”“天山人间”“打跳组歌”“鼓舞祭天”“祈福仪式”六个部分，独属于丽江的风土人情在这里尽情演绎。这里没有舞台绚丽的灯光，来自十几个少数民族的五百多个普通的山民以雪山为境，演绎出自然、真情和质朴，他们与天地共舞，与自然和声，很是震撼，我看到他们大山一样的情怀。

丽江的山是宽广的，水是柔美的。水成了丽江的魂，水的博大和清澈是洗涤人灵魂污垢的甘露。水从高山或深潭里源源不断地流出来，带着红土地特有的宁静与深邃，漫过山坡，流过街面，温情漫过古朴清幽的青石板上，碎步碾过湿漉漉的石板路，我的心被润出某种久违的情愫。行走在两旁古色古香的川木建筑里，青砖、黛瓦、红窗、雕梁的古屋是那么的意蕴深长，亦如我对它久久的怀想。丽江，古韵醇香是我与它亲密的接触，一次心灵的约会。

云南于我是美的，美在它的传说，美在质朴的少数民族老乡，美在那里的山川、湖泊、浓郁的民族文化，它已经深深地镶嵌在我的心里。它的内敛、静默与深沉，让我如虔诚的信教徒般对它痴恋。我与每一片洁白的雪，林立的山峰，深情相拥，听到了它们绵绵的情话，与它进行了一次心灵的约会，我醉在它的柔美与坚挺中。让少数民族兄弟姊妹心中伟大的自然神照拂我们，让五十六个民族团结起来，共建和谐家园，与世界共赴心灵之约。

林坝村，绽放出最美的风姿

五月，栀子花盛开的季节。伴着五月的美景，我们在作协领导的带领下，去碑院林坝村参加“脱贫攻坚——林坝村”文学采风活动。车在蜿蜒曲折的乡间小路上行驶，车窗外是绵延的山脉、村庄和葱绿的庄稼。阳光把金子一样的光芒撒向大地，万物熠熠生辉，一阵微风送来栀子花的清香，顿觉心情格外舒畅。

来到林坝村，感觉走进了绿色的天然氧吧，空气异常清新，到处绿树成荫，瓜果成群结队地向人们展示它的多姿，好一片静谧的世外桃源。肉鸭养殖基地成千上万只鸭子嘎嘎嘎地涌上来，好像在跟我们打招呼。它们迈着悠闲的脚步，挪动着肥胖的身体，可爱极了。在翠绿的山间，一排排新搭建的帐篷，格外引人注目，奔跑着的白色的小精灵，让冷寂的乡村充满了生机与希望。

听管理人员介绍，他们村引进重庆新机缘农业开发有限公司的设备，盘活了资产六十万元的两座肉鸭养殖大棚，每年出栏肉鸭三万多只，村民足不出村就可以务工，实现了建档立卡户长期分红受益。肉鸭畅销各地，带动了整个村经济的发展，这是他们以前做梦都不敢想的事，现在已经变为现实。这一切归功于扶贫干部和党的温暖，他们用实际行动换来了这喜人的成果。我仿佛看到灿烂的阳光下，那些驻村干部匆忙奔走的身影和苦口婆心地开导、劝慰、支持和鼓励村民的感人画面，如洁白的栀子花静静地开遍整个林坝村。

三百八十亩因地制宜栽种的脆香甜柚，枝头果实累累，像一个个绿色的小球，它们你挨我挤，妙趣横生。翠绿的叶子上，鲜活的生命在跳动，让人精神为之振奋。驻村干部和村民用了三年的付出与坚守终于换来这满树的果实，果农们掩饰不住嘴边的笑意，生动了这偏远的小村庄。与香柚园遥相呼应的葡萄园，一串串如玛瑙、如珍珠般的果实挂满枝头，大家争着在葡萄树下留影，想要把这生动与美好永远定格在相机，珍藏在心里。一串串闪亮的葡萄上闪烁着晶莹的露珠，万道霞光折射出一张张勤劳生动的脸庞。望着这满眼的绿，我仿佛看到一个绿色的希望在这片贫瘠的土地上生根、发芽、开花、结果，不久将会更加繁茂，生生不息。

特色胭脂米种植引入林坝村已经试种成功，仅2014年就丰产一万五千斤，每亩收益两千元，共计约二十万元，现在呈现出供不应求的喜人画面。关于胭脂米还有一个动人的故事：侗族妇女六十多年坚守，把十八岁时丈夫送给她的定情之物胭脂米种植下来，也把爱与希望种植下来。后来她孝顺的儿子坚持几十年播种两丘低产的紫米稻谷，直到2014年被正在寨上调查收集地方濒危农业物种的科技特派员发现。胭脂米仅在我国西南部有少量栽培，是稻米中的珍品，它营养丰富，含有十八种氨基酸和维生素、脂肪、花青素，被称为“补血米”和“长寿米”。它比普通米长，顺纹有深红色米线，煮熟后如胭脂，异香扑鼻，味道极佳，与白米混煮有染色增香之特点。望着这大自然的尤物，我内心思绪万千：它不仅给林坝村的村民带来了经济效益，让更多的人吃到绿色、环保、健康的食物。这珍贵的米还蕴含着“爱情、孝道、长寿”的寓意，让人感动和温暖无比。

座谈会上，藏族的白五拉姆深情讲述了自己在驻村干部张浩书记的帮扶下，由生计艰难到衣食无忧的转变。在丈夫王定芳家里土房倒塌后，他们一家四口人住在山西破窑洞，以拾荒为生，二十年没有回过家乡。是驻村干部把他们劝回林坝村老家，并给他们送去帐篷和生活用品，随后又为他们家实施了易地扶贫搬迁项目，让他们住上了安全舒适的房子，使他们有了家的温暖和归属。丈夫王定芳突发疾病去世后，是驻村干部带头发动村民募捐才把丈夫安葬好，并将大儿子安排在县城汽修厂上班。当了解到她二十年没回过娘时家，驻村干部帮忙让她与亲人团聚，圆了她二十年的梦，见到了自己日夜思念的亲人。她深情地讲述着，眼里泪光闪烁，心情异常激动，好几次都哽咽着说不出话来。在场的人无不为之动容，内心暖暖的，对党的政策的温暖和脱贫干部辛勤的付出顿生感激之情。

听完白五拉姆的讲述，贫困户张定科早已按捺不住激动的心情，他疾步走上讲台，想要把对驻村干部、对村民和对党的感激之情分享给所有人。从他的讲述中，我们了解到他患有严重的风湿关节炎，不能外出务工，女儿和儿子被两所大学录取，让他们既喜又忧。张浩书记针对他当过兵、打过工的情况，结合“四小工程”向他提出了一边务农一边做点小买卖的建议。2014年7月，省委政研室领导到此调研脱贫攻坚工作，给他送去一千元慰问金，他从集市上买回五十只小鸡和一百零七只小鸭，经他几个月的精心饲养，收入一千元，后来又利用两亩多小果园建立起了立体种养园，年收入四万余元。他还做起了贩卖木耳和花椒的生意，不仅还清了所有债务，两个孩子也在成都找到了工作。现在他忙着新建房子，从他脸上洋溢的幸福表情可以看出他对党和人民的感激之情。七十多岁的社长赵安富感动地说："我活了七十多年了，从没见过哪个县级干部对我们这样好过，感谢共产党的好政策，感谢共产党培养的好干部，共产党真是我们的贴心人呀！"一个个深情的故事背后，是驻村干部默默的付出和坚守，是爱与担当。

林坝村一派祥和静谧的土地上，瓜果的清香扑鼻而来，成群的鸡鸭，矗立的楼房，不禁让我们感慨万千：昔日的林坝村，是出名的"问题村""信访村"，干群关系紧张，村民"等、靠、要"的思想严重。短短六年的时间，林坝村旧貌换了新颜，村民"不甘落后、自强自立、勤劳致富"的意识蔚然成风，家家通了水泥路，户户能饮自来水，人人可无线上网，足不出户可务工，无劳动力可分红，到处焕发出勃勃生机和活力。这一切不是简单地付出就能取得的成绩。驻村干部们一步一个脚印，六年坚守，围绕"两不愁、三保障、三有、四个好"对标补齐短板，昼夜兼程，与全村乡亲、村社干部一道让六十五户贫困户摘除了贫困的帽子。林坝村改头换面，正意气风发走在致富的征程上。

林坝村是所有脱贫致富村的一个缩影，扶贫政策如春风，吹开千家万户的大门，吹散笼罩在贫民心头的迷雾；扶贫如火种，温暖着贫困群众的心房；扶贫政策如明灯，照亮了他们前行的方向。驻村干部默默无闻的奉献精神，如林坝村遍地的栀子花，洁白而芬芳。我醉了，醉在这青山绿水中，醉在林坝村遍地栀子花浓郁的芳香中，醉在林坝村驻村干部最美的风姿中。

嘉陵江两岸红色浓

一、岐山村

我们的车在蜿蜒的乡间小道上时急时缓，车窗外是绵延的山林、庄稼和村落。深冬的山野，放眼望去，灰白一片，在萧瑟的草木间更添荒芜。偶尔闪过眼前的枫叶，金黄、明亮，更显富贵、大气、沉稳与厚重。徐徐翻飞的落叶，如舞动的黄色精灵，给寒冬注入一抹生机和韵味。这一抹抹的黄，在灰与白之间流转，如写意山水画中的点缀。寒风“嗖嗖”，有力地拍打着玻璃窗。车内热气沸腾，大家高谈阔论，好一派热闹的景象。蓦然，蜿蜒的乡村公路如巨蟒闯入眼帘。它纵横交错，爬行在各个山头、村落。统一规划的高楼、洋房，洁白的墙面和青色的琉璃瓦相得益彰，像一枚枚棋子，散落在舒缓的山上山下。田地里绿油油的油菜、花生、胡豆苗，翠色欲流，与远处萧瑟的草木形成天壤之别，这里便是沾满红色记忆的五灵乡岐山村。

五灵乡岐山村，位于嘉陵江东岸，东与仪陇赛金相望，南连仪陇果山乡，西靠仪陇柴井乡，北接南部县三清乡，系革命老区。

我们一行二十余人，步行瞻仰红军在五灵乡岐山村留下的足迹。在树木掩映下，兀自伫立着一座孤寂的平房，因年代已久，满目沧桑，这里正是当年红军战士的居住地。脚踏着这方热土，望着他们曾留下的足迹，心情激动万分，敬佩之情油然而生。房檐上“赤化全川”的白底红字依稀可辨，我仿佛看到当年红四方面军同敌人斗争的信心和决心。红军精神已遍布这里每个山头、每棵树木，继而生根发芽，开出鲜艳的花儿。红军精神也扎根在岐山人民心中，并转化成无穷的力量。他们凭借着勤劳的双手，坚持大力发展生猪、劳务输出、蚕桑、小家禽四大传统支柱产业，其中黑色水稻、玉米和特色花椒引人注目，这里悄然发生着巨大的变化。

四周依山而种的油菜、花生等农作物让人眼前一亮。层层梯田上，特色广柑树，一眼望去，像排列整齐、有序的士兵。我们来到岐山村村民委员会，门前巨幅条幅上“撸起袖子加油干”七个红色大字格外醒目，正是岐山人从心里发出的呐喊。

自2004年开始，岐山人民在乡政府的扶持下，把红色精神落实到发展生产、改善贫困面貌、改善人民生活的伟大创举中。他们在农业生产上采取“抓早避灾”，推广良种品种，推广白色农业等措施。政府还出资调整养殖结构，引进“西河山羊”和调整种植业结构，主抓优质花生、蔬菜、双低油菜的种植。投资373万元，修建十多公里路沿路标齐全的乡道油路及场镇硬化工程。截至2006年底，完成农网改造，场镇建设一平方公里，居民有三千余人，全部用上自来水和天然气。街道硬化1.5公里，集市贸易十分活跃，森林覆盖率达40%。2018年，家乡发生了翻天覆地的变化，南部县成为全国首批脱贫县。至今，村里家家户户通了天然气、互联网，发展了生态农业和乡村旅游。特色黑玉米、黑色水稻、特色花椒，收获颇丰，畅销全国，乃至世界。特色米酒50738，更是岐山人的代言词和名片，已正式注册了商标，畅销全球。我们吃着香喷喷的特色农家饭，喝着醇香的米酒，阵阵暖意涌上心头。醇香的酒香飘满山村，也飘进每个人的心房。

二、长坪乡

走进长坪乡，就走进历史的记忆。我仿佛看到1933年战火纷飞的画面：长坪山上硝烟四起，枪声、呐喊声响成一片。满山遍野，尸首横七竖八，血流成河，真是触目惊心、惨不忍睹。敌我奋战激烈，经过五次盛大的战争，我军终于粉碎了敌人的阴谋，夺取了为苏军运盐的胜利。

一下车，我们便怀着无比崇敬的心情去瞻仰“红军故居”。脚踏着这片热土，内心被深深地震撼着：在这前不着村、后不靠店、荒无人烟的地方，红军战士在这里战斗、生活近三年。三年，是血与泪编织的漫长岁月，是一部苦难史。

故居正前方右手边的围墙外，几排翠竹翠色欲流，象征着革命精神永远常青。手摸着乳白的大理石，眼前闪现出徐向前同志手握狼毫，奋笔疾书的豪放与激动。“红军在盐乡”五个遒劲大字，在洁白的大理石的映衬下，熠熠生辉。历史的厚重感，穿过新时代和平的阳光，迎面扑来。墙壁上，到处都是革命标语：“缅怀革命先烈”“以史为鉴、振兴中华”“先辈在我心中”等，这鼓舞人心的画面，让我们心情异常激动，眼眶里有热热的东西在涌动。我迫不及待地往里走，大门外一棵参天大树，枝繁叶茂，遮住了半个故居，好像要把它揽入怀中。古朴的树干上写着“红军树”三个红色大字，更增添了历史的沧桑与厚重。历经时代风雨的洗礼，它仍然精神抖擞地挺立着、守护着这片热土。沙沙作响的树叶，仿佛向我们讲述当年红军战士可歌可泣的动人故事。站在树下，我仿佛感受到一种精神，一种不屈与向上的力量。大树左边的铜雕塑，引起我们强烈的好奇心。解说员告诉我们，这是当时红军战士烧盐的情景。我们默默伫立着，感恩与自豪顿生。苏军能取得抗战的胜利，是与战士们默默付出与奉献分不开的。

移步故居，一百多米长的“红军街”上，两排低矮的平房遥相呼应。踏着青石板铺成的小路，犹如踏上那段被岁月尘封的往事。当年红军生活工作的剪影，犹如情景再现。走进红二十五师政治部旧址，屋里陈设极其简陋。两张桌子拼成的办公桌上摆着几本卷宗，一个竹编的暖水壶，篾条已经发黑，它仿佛在告诉我们那遥远的过去。几个搪瓷茶杯，依稀可见当年的绿。四周的墙壁上贴着“南部县最新地图”以及《人民日报》《中央日报》的最新消息等，墙壁正中的位置上挂着“中国工农红军”旗帜，鲜红的颜色，如血如霞，让破旧的房屋熠熠生辉。房顶上一盏煤油吊灯，把房顶熏成墨黑，它陪伴和见证着红军领导研究、解决问题和部署工作，有时甚至通宵达旦。

我们还参观了徐向前、许世友、何畏、王树声的故居。屋内正中是他们的半身铜塑像，墙壁上有他们的生平简介。屋子里摆设跟红二十五军时事政治部差不多，除了一张吃饭的木制桌子，一张只有四条腿的小方桌，里屋一张军用床，再无别的东西。屋里屋外的墙壁上，挂着许多大蒜、辣椒等农作物。门外是宽阔的院坝，中间有一个很大的石头碾子，平时他们吃的大米、面粉就是从这里加工来的。碾子很大，靠一个人的力量是不行的。我仿佛看到几个人一边推着石磨，一边喊着号子，笑语声飞出老远老远。外面的墙壁上挂着犁耙、斧头、镰刀、锯子等劳动工具。屋外有一口石水缸，墙壁上还挂着大大小小的簸箕，房梁上挂着玉米、大蒜、辣椒等。从这里我们进一步了解到他们生活极其简朴，吃的是粗粮，干的却是惊天动地的大事。艰苦的环境，磨炼着他们的意志。披星戴月，与日月同辉；他们常常废寝忘食地工作：看书、学习、写材料、写报告、开会，很多决策就是在这简陋的房间里诞生的。

当解说员把我们带到井盐制作场景的房间时，我们被深深地震撼着，我仿佛看到红军战士冒着枪林弹雨，勘探、挖掘、搬运盐巴的情景。

墙壁上贴着井盐制作过程的图纸。从盐的勘查、挖掘、制作中，我们清晰地看到，这是一个庞大的工程，很多人付出了心血和汗水，解决了很多人的吃盐问题，我们不禁对红军战士肃然起敬。他们不畏山高路远、饥寒交迫，冒着血雨腥风，终于完成了这项伟大的壮举，这在当时和现在都有重要的战略地位和意义。一直到今天，四川仍被称誉为“盐乡”。

在故居的尽头，几棵古树的掩映下，一座高大的红军纪念碑矗立在眼前。它高大雄伟，朱红的碑身上，八个烫金大字“长坪山红军纪念碑”庄严、肃穆。碑体周围用白色的字记录着战争的历史背景、战况和烈士的英名。站在纪念碑下，我们眼含热泪，情不自禁庄重地朝纪念碑深深地鞠了一躬，以表达我们无限的敬意和缅怀之情。党员同志们在县委、作协领导的带头下向纪念碑鞠躬、默哀，铿锵的誓言穿过长坪上空飞向远方。

从纪念碑后面的寨门经过时，依稀可以看到“打倒张二狗”“还我土地”等标语。从一片开阔的大坝的石梯上去，洁白的大理石石梯两边，苍松翠柏掩映，鲜花繁茂，各色菊花开得正热闹。它们在寒风中频频点头，似乎在向人们点头问好。

石梯尽头就是“长坪山红军纪念馆”。一进纪念馆，一座“红军在盐乡”的雕塑很抓人眼球。雕塑上有红军战士运盐、送盐的情景，还有欢送、庆祝的场景。他们有的挑着担子、背着背篓，一边走一边擦汗；有的扛着枪眺望远方；还有胸前戴着大红花、亲人相送的场面……雕刻场面宏大、栩栩如生，还原了红军战士在盐乡的生活场景。在鲜花的簇拥下，雄壮而逼真。

我们随着讲解员缓步进入纪念馆内，四周墙壁上的展示和电视，再现了红四方面军从进入长坪后在此采盐、制盐和战争的场景。

1933年8月，为了解决川陕革命根据地的食盐问题，红四方面军二十五师师长许世友率七十四团和八十一团，与敌军第三游击司令马骥伯部激战于长坪山。红军兵分两路，一路从长坪山前寨正面攻击，一路迂回直插长坪山后寨，前后夹击，一举攻克长坪山。红军在长坪山建立了政治部和前沿战斗指挥所，徐向前和许世友在此指挥红军英勇作战，并一举攻下了阆中、南部。如今，在这片浸染着先辈鲜血的土地上，依然清晰可见当年红军留下的石刻标语。红军在南部县境内建立了八个区苏维埃政府，将川陕革命根据地扩展到了嘉陵江两岸。画面战斗惨烈，让人不忍直视。其中赵连长的故事让在场所有人动容：1935年，在大部队转移途中，许世友命令七十四团年仅二十岁的侦察连刘连长带领“尖刀班”的八名战士分散埋伏。他们声东击西，有效地拖住了敌人的大部队。阻击任务完成后，突然一颗流弹飞来，击中刘连长胸部，顿时血流如注，刘连长永远地长眠在长坪山。此后八十多年的漫长岁月里，长坪山由一座孤坟演变成一千零八十位红军烈士长眠的墓园。

盐乡红军精神，是所有红军精神的缩写，五灵的米酒，醇香浓厚，香飘万里。愿五灵的米酒香飘全球；愿长坪精神世代相传；愿我们在红色精神的照耀下，谱写出新时代更美的华章！

诗意八尔湖

阳春四月，大地满眼绿意，轻扬的风、暖暖的阳光，让人沉醉其间。伴着这人间最美的四月天，我们作协在县委组织部的组织下去八尔湖镇采风。一路上大家热情高涨，谈笑风生，半个多小时的车程眨眼间就到了。我迫不及待地想融入它的怀抱，倾听它的声音，目睹它诗意的风采。

在导游的带领下，我们来到位于大堰乡的八尔湖游客中心。这是一个占地六百多亩，集观光、休闲、游乐、购物、住宿诸多功能于一体的休闲胜地。这里生态资源丰富，水域面积约2.8平方公里，湖岸花木繁茂、鸟鱼成群，素有“小西湖”的美誉。一踏入游客接待中心，就觉眼前一亮，仿佛穿越到古时的皇家府邸。一座古色古香的牌坊，屹立在空旷的平坝上，格外引人注目，它像一位巨人，满含深情地凝视着远道而来的客人，让我迫不及待地想要走进、亲近和了解它。牌坊上“八尔湖”三个烫金大字，赋予它神秘和庄重的美感，在阳光下熠熠生辉。我们沿着牌坊左边的青石板小径款款而入，一弯浅水里的假山、瀑布、怪石映入眼帘，池中小鲤鱼悠闲地游来游去。怪石上刻有“红岩子湖”“盘龙湖”“观音湖”“升钟湖”的大字，这些代表着南部“一江五湖”中四湖的名字，让我为南部水文化的繁荣感到自豪。再往左前方是还在打造中的古风小镇，采用了返璞归真的文物修复方式，复原了场镇的宋代风格。一座座仿古建筑，上面雕梁画栋，文化底蕴深厚，充满古朴的韵味。各色招牌鲜艳、醒目，新搭建的戏台与茶肆遥相呼应，真是匠心独具，好一个休闲娱乐的好去处。街道两边的特色小吃、商店、字画古董招牌，让我们应接不暇。窗棂、梁柱、石座的雕刻与彩绘的变化十分丰富，柱子的造型更是变化多端，轻柔的线条色彩鲜明，变化多端，真是美不胜收。

沿着水泥铺成的大道，我们移步竹苑。拾级而上，两边翠竹轻盈纤细，像亭亭玉立的少女，它们手挽手，欢迎我们的来访。走入竹苑深处，一座竹苑掩映在湖边，里面天然的竹雕茶几、凳子，古色古香。坐在这里，翠绿的竹叶洒下一片浓荫。与湛蓝的湖水和远山对视，我们犹如置身仙境。漫步林荫小道，空气清新宜人，城市的喧嚣，所有的世俗杂念统统抛在脑后，心儿像出笼的鸟儿，惬意顿生，情不自禁地对这神奇的山水顿生感动和敬畏。

从竹苑下来，我们坐观光车去纯阳洞，传说纯阳真人吕洞宾曾在此洞修炼过，顾而得名纯阳洞。洞外吕洞宾的雕塑格外引人注目，他身佩长剑、仙风道骨，长髯飘飘，目光炯炯有神，让人肃然起敬。这里地势奇特，自成仙境，在一个半圆形的岩石下有一个天然的大溶洞，踏入洞中，里面幽静舒适，真是避暑的好地方。溶洞里塑有“吕洞宾被汉钟离点化”“龙王亲授神剑给吕洞宾”等故事造型，增加了传说的神秘与厚重之美。洞外有阴阳两池水，相传是吕洞宾生活炼丹所用。在如诗如画的美景中，纯阳洞的景与传说，给这清新自然的美景注入了神奇与魅力，更是锦上添花。

从纯阳洞出来，我们便坐上梦寐以求的游船去一探八尔湖的神秘。湖水好像用蓝色颜料浸染而成，水面像铺了一层蓝色的玛瑙，闪烁着湛蓝的荧光。船在碧绿的水面上穿梭，白色的水花飞溅很高，两岸的青山连绵不断。山连着水，水绕着山，像画家写意的山水画。轻柔的风扑面而来，如丝绢划过，惬意顿生，真是“舟行碧波上，人在画中游”！湖面飞舞的水鸟成群结队，绕着游船上下翻飞。多么感人和温馨的画面，我沉醉在人与自然和谐相处的诗情画意中。“水墨喷泉”是八尔湖水的灵魂，它依据南部县“一江五湖”的设计理念，用一段水弧代表嘉陵江的柔美身段，五个圆则象征着“红岩子湖、升钟湖、八尔湖、盘龙湖、观音湖”五颗明珠。喷泉长120米，宽50米，覆盖水域面积6000平方米，这在国内也是罕见的。无论人们什么时候去，都可以欣赏到音乐喷泉最壮美的一幕，让你感受到强烈的视觉冲击，体念到绝妙的艺术享受。

湖上的爱情玻璃栈道，带给我们另一番刺激。远远望去，栈道像天桥，又像一条彩虹挂在碧水上面，更像是一弯新月倒挂在湖面。走在栈道上，每走一步都惊心动魄，蓝天倒映在水底，分不清哪里是天，哪里是水。往下一望，更显得深邃高远，使人感到异常恐怖。我望着前面怡然自得的人们，忽然萌生出挑战自我、挑战自然的豪气。跟随欢乐的人流，随着他们有节奏的晃动，一种异样的惊喜漫过我心间。嬉笑声、吆喝声此起彼伏，一张张兴奋的脸上传递着快乐与幸福。

享受完秀水带给我们的灵动与俊美，我们来到牌坊正对面的儿童乐园，这里又是另一番天地。山坡上栽有各种观赏植物，鲜花遍地盛开。我们仿佛来到花丛中，游客的笑脸更加生动。弯弯曲曲的滑道一直延伸到山脚，充满神奇的诱惑。像蘑菇、像火箭、像各种小动物造型的游乐设施，吸引着小朋友的眼球。惊险、刺激的玩乐让他们乐此不疲、流连忘返。山下的湖中有人工造型的草坪，情趣盎然，增加了水的灵动与生气，各色鲤鱼在湖里嬉戏玩耍，追着阳光赛跑，人们争相和它们拍照。湖边的草地上，成群的白鸽格外吸引人的眼球。我被深深吸引着，目光追随着它。它在人们头上、身上、肩膀上翻飞、停留。我试着慢慢靠近，生怕我的大意会吓跑它。想不到它一点也不认生，一会儿就在我的头上、肩上停住。我屏住呼吸，深情地望着它，享受着与动物亲近的奇妙感觉。我把零食倒在手里，它们争着抢食，真是憨态可掬，我沉醉在人与动物和谐相处的美景中流连忘返。

八尔湖，我触摸到你美丽的容颜，倾听到你绵绵的情话。你的每座山、每滴水都折射出诗意的光芒。你已走进人们的视线里，停驻在人们心里，正大步走向光明的未来。

福康之水，一座城的灵魂

浩荡的嘉陵江由北向南一路翩跹而行，它在南部多情地停留，孕育出“盘龙湖”“红岩子湖”“升钟湖”“八尔湖”“观音湖”，形成“一江五湖”厚重的水文化，让南部这座千年古城美丽而多情。千古嘉陵江为我们展现出“清水南部”绚丽的画面，山水养育了我们的血性，福康饮用水用它的柔美、多情滋润着一座城的灵魂。

岁月的车轮滚滚向前，时间见证着历史的荣与辱，衰与兴。福康人的创业史在人类历史长河中熠熠生辉，书写出感天动地的慷慨与奋进。在人间最美的四月天，我们在作协领导和福康供水公司副总敬刚的带领下，参观了福康供水公司。步入高山之巅的塔子山水厂，极目远望，对面群山旖旎，嘉陵江在群山怀抱中更加宁静柔美，为这座水城平添了很多韵致。水厂大楼墙面上，一行行烫金的“毋妄言，业精进，忌自大，当自强”的公司训，让我们肃然起敬。那遒劲、醒目的字，是福康人行动的谏言，是脚踏实地的坐标，是福康人的颗颗红心在暖阳下闪闪发光。

跟随敬总的脚步，聆听他深情的讲述，我们如醍醐灌顶。原来生活中的每一滴水，都注入了福康人的深情、艰辛与不易，还有默默的守护和坚持。步入自来水厂处理工艺流程区，望着眼前星罗棋布的池子，我们感到很困惑和好奇，迫不及待地问道：“这些池子是用来干什么的呀？怎么里面的水有的污浊，有的呈絮状，有的发黑，还有的水是绿的呢？”敬总告诉我们，这些是从嘉陵江取来的水，经过絮凝反应、沉淀、过滤、消毒及检测等很多艰辛复杂的过程后分别盛放在不同的池子里，所以呈现给我们的是水从最初的样子到可以食用的变化过程。带着一份新奇，我们依次参观了原水取水泵提升工艺、混凝工艺处理、沉淀池、过滤池、消毒设备、检测技术，了解到每一个过程都如此严谨、疏而不漏，水的纯洁与质感让人一目了然，彰显出超强的专业技术和精神。望着眼前大大小小的池子，我仿佛看到福康人挑灯夜战、废寝忘食的工作剪影。清水池飞溅着洁白的水花，如福康人纯净的心灵，我情不自禁地对他们顿生崇敬之情。福康之水，“放心之水”，水的纯洁度达到国家规定的标准，甚至有的项目达到国内领先水平。这样的突出贡献，让我们感慨万分，迫不及待地想知道他们辛勤付出的背后是怎样的一种情怀。

看完福康创业史的历史短片，让我们进一步了解到福康人的艰辛与不易。中华龙的精神被传承，他们默默地付出和坚守，是责任与担当，还有对几十万南部人民大爱精神的彰显。巍巍凌云山见证他们的坚韧，滔滔嘉陵江被他们的温情感化，浩荡之气一泻万里。福康人从1959年到2019年，经历了半个多世纪的坚守，走过了由供水站到福康公司迈进的坎坷之旅。南部大地的大街小巷留下了他们挥汗如雨的身影，脚步行走的创伤与坚定，把“为人民服务”的理念根植于心。从1959年开始，为了改变人们挑水吃和吃水供不应求的惨状，福康人停不下匆忙的脚步，在政府的统一组织领导下最初修建了蓄水池，建起了供水站。这对于有几万人的城市来说，犹如杯水车薪。人们在吃水问题上苦苦挣扎，不论天晴还是下雨，不论寒冷刺骨还是酷热难当，都奔走在抢水、等水的行列大军里。看着这一切，福康人急在心里，硬是从一无资金、二无厂房、三无技术人员的情况下，通过自筹资金，终于创办了干部职工只有九人的水厂，解决了部分居民的饮水问题。从建立水工程到正规水厂，这中间又历经了二十年的风雨，二十年的沧桑。二十年坚守的是一份责任、一份执着、一份大爱，这是多么难能可贵的精神啊。我仿佛看到在烈日下，在寒风苦雨中抢修、挥汗如雨的身影，为资金奔走、操劳的坚定、对居民用水夜不能眠的牵挂，我看到了福康人跳动的赤诚和担当。一步一个脚印，那奔走的身影舞出时代的最强音。尽管他们拿着微博的工资，付出的却是艰辛的劳动，“上善若水、厚德载物”是他们品质和灵魂的写照。一代又一代福康人面临着新旧体制的挑战，在收入与支出让公司举步维艰的困境下，咬牙坚持、克服重重困难，找解决问题的方法、改进设备和聘请技术人员，领导和所有员工齐心协力，心往一处想，劲往一处使，各司其职。“宝剑锋从磨砺出，梅花香自苦寒来”。终于在县委、县政府的帮助下，他们由小小的水厂发展为现有一百七十多人的大公司，公司注册资金达一千两百多万元，集排水、安装、水工程维修、咨询等服务于一体，方便了城镇居民的生活用水。他们把供水事业与城市规划融为一体，改写了历史，总收入突破两千余万元。如今公司如日中天，除了承担县城居民用水外，还扩展到盘龙、定水等邻近乡镇。公司步入现代化管理新阶段，获“中国城镇行业突出贡献奖”等很多殊荣。

我们还参观了南部县城市第二水源应急供水工程现场，零距离了解了“放心水”生产的情况，每天九万吨水的产量，满足了十一万户人的生活用水，人民生活用水再无后顾之忧，让人感动不已。福康人的敬业和责任，改写了南部从挑水吃到自来水的飞跃，标志着时代的进步。福康人经过半个多世纪的拼搏与坚守，换来这座城的丰盈与美好，人民终于吃、用上方便、干净、取之不尽、用之不竭的自来水。这是时代的进步，这是南部人民的幸运。

清澈的水啊，从水管潺潺流下，流进千家万户，也流进人们的心田。上善若水，是福康人纯洁的心灵。慈善事业的启动，让福康精神光耀大地。温润的水，漫过千家万户，漫过人们的心田，浸润着我们的灵魂。溅起的水花，唱着欢歌，如我们快乐的心情。洋溢在人们脸上的笑容，是从容、是快乐。厨房的烟火、喷香的饭菜、干净的衣着，彰显人民安居乐业的美好。享受着方便水带来的静美，也是对福康人的回报。福康之水，造福一方黎民，让一座城更丰满，让人民更放心。感动之余，备感放心水的来之不易和弥足珍贵，所以，树立爱水意识，节约用水是对福康人的敬畏和虔诚，更是为清水南部献一份爱心，贡献一点力量。福康之水，一路欢唱，引领大家奏响生命的凯歌。

故乡的水塘

故乡的水塘，在我家附近，长宽皆七八丈有余，是乡亲们过去集体修成的。

童年时，祖父在水塘里种了莲，一到盛夏，塘里便是田田的荷叶，叶子出水很高，像亭亭的舞女的裙。层层的叶子中间，点缀着星星点点的荷花，像少女粉红的脸，像刚出浴的美人，像一粒粒星子，多姿多彩，美丽极了。微风轻拂，老远就能闻到清香袅绕，我们便不由得驻足，深深地吸上一口气。炎热的中午，水塘便是我们的乐园：我跟小伙伴儿去水塘里玩水，水面水花飞舞，尽管身上湿漉漉的，但脸上洋溢的幸福至今依然历历在目；我们躲在荷叶下捉迷藏，欢声笑语惊得水鸟乱飞；在水塘里捉鱼虾，学青蛙一样凫水；硕大的荷叶常常被我们拿来当伞，遮住了烈日的毒烤……

水塘里的水一年四季都是清澈的，照得见人影。乡亲们用它来淘菜，洗衣服。一到夏天，水塘边的石凳上，挨挨挤挤都是人。妇女们挽起裤管，双脚踩在水里，像一节节莲藕在水里浮动。石板上衣服、被子、棉袄堆成山，她们手忙脚乱地搓洗着，仍不忘站起身，相互调侃、打闹。红红的脸庞上微汗潺潺，犹如盛开的莲花，生动了整个酷夏。欢声笑语伴着袅袅炊烟，越升越高，升向天际，白云也跟着载歌载舞。

祖父还买了几百尾鱼放进水塘里，一有空他就去扯些嫩草甩进塘里喂鱼。邻居们从地里回来，时常会带几把嫩草甩进水塘里。池塘里鱼儿成群，偶尔会在水面露出脑袋晒太阳。我们常常自制一些笼子，用来网鱼。鱼儿灵活的身子像剑一样，明明刚刚还在眼前，等到网往水里一放，它们转瞬即逝，消失得无影无踪。虽然抓不到它们，但那份希望和快乐，是任何快乐也代替不了的。

有一年10月，水塘里水浅了，祖父和他的儿子就挽袖脱裤，下到水塘里去挖藕，乡亲们喜笑颜开地站在岸边看。祖父把挖来的藕留一些，其余的都分给乡亲们。他们拿起白白胖胖的藕，喜悦与感激之情溢于言表，一张张兴奋的脸上写满了感激，感恩的话儿说个不停："谢谢您老人家心里有大家，自己辛苦种来，还分给我们。"祖父笑眯眯地说："池塘是大家的，种这藕又不施肥，我又没花多少钱，大伙儿都尝尝，彼此一家人，还计较个啥！"

第二年，祖父把打捞起来的鱼又像分藕一样分给了乡亲们。

后来，祖父因病去世了。那年正是我远离家乡的时候，在异乡，每每吃到新鲜的鱼和藕，便想起祖父以及祖父经营的池塘，他的无私已深深扎根在我心中。有一次父亲来信说，这几年家乡有了很多变化——我却想着故乡的水塘，它该是一池荷叶翩翩，鱼戏其间的美景吧。

今年冬天，我怀着喜悦的心情回乡度假。到了村口，我却惊喜地发现家乡发生了很多变化：电线如网布满每个村院，房顶上伸着一支支像蜻蜓一样的电视天线。像白色绸带一样的乡村公路弯弯曲曲延伸到各个村落。一幢幢砖楼房，像从平地冒出来……我连忙来到曾经带给我快乐和美好的水塘，呈现在我眼前的却是另一番天地：水塘里水浅浅的，黄绿一片。里面芦苇丛生，枯败的枝叶东倒西歪，芦苇花像一串串毛茸茸的冰糖葫芦，沧桑感扑面而来。微风吹来，枝叶沙沙作响，好像在向我诉说它内心的沧桑、落寞和心酸。我多想去亲近一下这久违的塘水啊！“塘里有蛇、快莫去！”刚下石梯便被母亲的话吓得猛缩了回来，突然，一团凝雾便沉沉地笼罩在我的心头。

后来，听母亲说，村里给乡亲们兴修水利，种庄稼都用上了渠道里放来的水，所以这塘里的水也就没有多大用处了。我忽然间有些顿悟——是的，故乡变了，故乡那水塘也变了。

小桥下

小桥下流水清冽，水声潺潺，不知疲倦地述说着欲罢不能的往事……

几块畴昔捣衣的砧石，长满厚厚的毛茸茸的青苔，斜倚于水边。颔首静聆，遥远的枯涸的沙床，有参差的杵声、干燥的瓢桶声和着长长的叹声……隐隐约约，渗入鼓膜。隐约可见蹲蹲吃力的躬形，把头埋得很低……

小桥下，闪现出一群活泼的身影：捡石子、打水仗、抓小鱼、玩沙包……透过记忆的缝隙，听到了久违的欢笑与哭泣……在每一个寒冷的冬天，小桥下，流水僵冻。村庄，密密匝匝，升起缕缕蓝色的炊烟，点燃了一轮红日。坚冰化作烟霞，缓缓向远方移动着、消逝着……小桥下，一曲新的轻音乐诞生了。

小桥下，清澈的河水映着村姑美丽的倩影，一串串欢声笑语，和着波光闪闪的小溪。玩趣的鸭群追逐嬉笑着，沉醉在叠碎的白云、绿山、翠竹、茂盛的香蒲中……青草堆里，顽童打着滚，生动了整个童年的记忆。谁家黄犬，安静地趴在小桥上，凝视着小桥下……

传说中，故乡的小桥下，有一条金色之龙游过，曾经跨石砌的小桥……从此，故乡的传说里，小桥多了几许神秘、几许庄重。

如今，小桥已乘改革的春风，扩建了，坚固如铁，旧貌换新颜。小桥上，一切风景——所有人和物，景与幻，以及明朗的歌声……都静静地溶于这神秘的小桥下，流成一支美丽而无终的歌。

小桥下，嬗变着故乡的记忆。

南部之恋

每每听到“谁不说俺家乡好”这优美的旋律，我的心就跟着澎湃起来，心底泛过一阵阵暖意，乡情柔柔的在心底荡漾。我不禁想起我的家乡——南部县来。

我的家乡南部县位于四川盆地东北部，嘉陵江中游，是一座历史悠久、文化底蕴深厚的新城，县名源自梁武帝天监二年，改南国县为南部县。这一方山水，曾孕育过将相之才陈省华，忠义之士柴意新，妇孺皆知的陈氏三状元。这是一座山环水绕的美丽的地方，一幅幅如诗如画的画面早已烙印在我心里，激起我对它深深的眷恋。故乡的山山水水我能如数家珍，一处处风景名胜永远定格在我的记忆里。我要用炽热的心、火热的情，描述我与它的相识与相知。

初识南部，是在1990年9月，我怀揣着南部师范的录取通知书，坐上前往学校的短途客运车。从未出过远门的我，看着快速闪过的村庄、田地和庄稼，心里激动和兴奋不已，眼睛一眨不眨地盯着往后倒退的景物，心儿早已飞到了梦寐以求的学校。一个多小时后我们终于到了汽车客运站，再走十几分钟的路程，就来到位于灵云山脚下的学校。眼前豁然一亮，高大的教学楼，庄重肃穆，洁白的墙面，和老家的水泥墙面形成鲜明的对比，我们仿佛来到世外桃源。校园两边的人行道和花台上栽种着一行行整齐的树木和各种花草，低矮的平房和两层楼的楼房将男生和女生寝室分隔，好一个宁静舒适的学习环境。从踏上这片土地开始，一切都那么新鲜神秘。来自四面八方的校友，为着共同的梦想相聚在这里，彼此之间完全没有陌生感，没过几天，同班同学就熟悉得如同老朋友，在这里，我开始了三年的师范学习生活。平时除了上课学习，闲暇时，县城对我们这些来自大山深处的孩子充满无限的吸引力，我们常常三五成群地流连城市的大街小巷。

从学校出发，顺着一条弯弯曲曲的石子小路，五分钟左右就可以到达城里，遇上雨天，人车拥堵，寸步难行。县城里很多街道都是石子路，区域面积仅限于一环路之内。最繁华处要数学校西北边的西门桥和狮子拐，这里是只有一栋楼的几条老街，几乎没有高楼。街上有服装一条街、菜市场、小学、歌舞厅、电影院等，还有古色古香的小吃一条街，随处可见的锅盔凉粉，闻着香味就馋涎欲滴，那外表酱红壳硬，里面脆香可口，浓郁的酥香让你吃了还想吃。我们常常乐此不疲地从这条街逛到那条街，即便囊中羞涩，饱饱眼福，享受一下人来人往的热闹也很知足。每次从城里回去，我们除了购买必需的生活用品外，五毛钱的锅盔凉粉，那可是室友委托的必带之物。

师范三年转瞬即逝，毕业后，我被分配到一个偏僻的小山村，从此，南部离我越来越远，甚至淡出我的视线。直到2018年，我考调到南部县最好的第二小学，把家也安在这里，从此，我也算半个南部人，这里成了我的第二故乡。我走进这个既熟悉又陌生的县城。短短几年的时间，它变得面目全非，让我差点认不出来它的旧模样。闲暇时间，我流连于南部的山水间，对它由不知到了解，对它的感情也由淡变浓。以前的县城，面积还很小，东西南北不足五百米，是土坯古围墙围起来的。城墙残垣断壁，城内民房低矮破旧，伸手就能取下房檐上的瓦片，城内常住人口不足五千人,房子全是砖石柱子。2004年8月13日至14日，国家领导人视察南部，在“要把南部建设得更加美好”的号召下，政府加大投资改建。以前像贫民窑的三元街，被宽阔的柏油马路代替，街上高楼林立、车水马龙，霓虹闪烁，充满了现代化的气息。政府还投入大量的人力物力，打造了很多休闲公园和娱乐场所。至今，南部县城面积二十一平方公里，常住人口已有十三万，地域广阔，街道繁华。

最引人注目的当属桂博园，这里既是休闲娱乐的场所，也是南部的城市之肺，一个制氧的好地方。这是一个按AAAA级标准建造的生态化园林，园内有三大广场，四大园区，各个景点各有特色、韵味无穷。园内有亭台楼阁、水池花榭、假山喷泉，还有代表性的雕塑，意蕴深远，活灵活现，展现出各个年龄阶段关于爱情的寓意，让人感动和温暖。修剪成十二生肖的松树，惟妙惟肖，情趣盎然，让人止不住掩面而笑，快乐在心里荡漾开来。漫步园内，满眼花艳景美，清新恬适，生活的纷繁在这里洗净，心里宁静而美好。游乐场里设施齐全，这是儿童放飞天性，体念快乐的摇篮，山水树自然融为一体。坐在亭台楼阁中，看流水喷泉，在各色灯光的照耀下梦幻迷离，让人如醉如痴，流连忘返。四季次第盛开的花儿，芳香着空气和行人的心扉，置身其中，如徜徉于花的海洋，吮吸着清香，直入肺腑。最吸引人的当属桂花了，园内共栽种桂花五百余株，那古朴端庄的百年银桂、千年金桂让园内充满古朴的韵致，仿佛穿越时空隧道，从远古旖旎而来。深秋的桂花更是名扬天下，这里曾获“中国桂花城”的称号。花开时节，漫步园内，心情激荡，深吸一口，醉得仿佛自己也成了一棵树，愿挺立其中。整座城市氤氲在她浓郁的芳香里，激发了多少自豪和诗情画意。

“亲水南部，一江五湖”让南部走向世界。南部县充分利用水资源，强力打造八尔湖景区、红岩子景区，加速满福坝文旅新城建设，大力推进“亲水南部”“一江五湖”建设。经济不断发展，人民安居乐业，物质和文化、社会综合环境日益美好、丰富，其中被誉为“中国升钟湖，世界钓鱼城”的升钟湖成为世人皆知的亮丽名片。八尔湖风光独特秀丽，湖岔湖湾多，湖岸线景观边际效应好，具有漫滩、台地、丘峦三层景观带。自然田园风光原汁原味，生态环境优美。

滔滔嘉陵江在盘龙转了一个弯，绕着南部县城旖旎而前，清白的江水养育着中华儿女，孕育着无数的优秀儿女，成就了三陈、柴意新等辈的鸿鹄之志，激荡着今天的热血儿郎对她的热爱和眷恋。一艘艘船只载着南来北往的行人，载着无数人的梦想前行。江边茶舍酒店林立，奇花异草争奇斗艳，树木繁茂。围栏把江水揽入怀中，如洁白的玉带飘向天际，好一个怡然自得的好去处。怡然自得的人们，三五成群，或谈天说地，或切磋牌技。一杯清茶，悠闲自在，静享盛世太平的美好。走累了，择一处靠江的茶舍，静坐江边，看江水缓缓流淌，赏蓝天白云的倒影，吹着宜人的江风，心情怡然自得。洗去城市的喧嚣，什么也不想，把心放空，独享这份闲适宁静，美哉优哉乐哉！江边冬泳的人们，让滚滚的江水更有生气与活力，书写着不一样的风景。那冻得发红的身体里，昂扬着不屈的斗志，正如华夏子孙不甘消沉的灵魂。既挑战了心理和身体，同时也诉说着对生活的热爱和对这一江热水的痴恋。

红岩子广场对面，就是新开发的满湖新城，书写着南部的沧桑巨变，一座座高楼代替旧时的茅房小屋，异国风情的设施，应有尽有，凋敝的乡村与现代化的大都市接轨了。湿地公园占地两千亩，公园建设贴尽人心，依桥而建，枕水而居。江上碧波荡舟，环湖游览、游泳消暑是水上运动的好去处。湖边绿树环绕，花草繁茂，好一片世外桃源。

南部近几年如雨后春笋般涌现出很多特色小吃，让人无法抗拒，刺激着舌尖和灵魂。南部的肥肠干饭、锅盔凉粉、米粉、川北凉粉、烧卖、张飞牛肉等让很多人慕名而来。走近“肥肠干饭一条街”，肥肠的清香飘满整条街，热情的店主人老远就招呼你，让人不忍拒绝。坐在这里，要一碗肥肠干饭，慢慢咀嚼，细细品味，清淡爽口，纯香传得很远。说它是饭，又有美味的汤。有荤有素，可口又不失营养，像小吃又像正餐，像炖菜又像烧菜。用冬瓜搭配，可以清火；用白萝卜搭配，可以降燥。烧卖皮薄馅丰，造型美观，荤素兼备，营养丰富，味道独特可口，在川北享有盛名。怎么样，是不是心里蠢蠢欲动，想品味一下这里的特色了？

南部民风淳朴，民众一向以自强不息、吃苦耐劳、聪明能干、热情好客、忠厚善良著称于世。千百年来，南部人民在顺应自然、改造自然以及繁衍生息的过程中，均表现出令人叹服的智慧和勇气，在长期的生产生活和交往中，形成了自己独特而良好的社会生活方式和习俗，创造和沉淀出丰富而绚烂的民间传统文化。南部人既热情又能干，那叫一个豪爽，走到哪，一听说是南部人，都会竖起大拇指：“南部人嘎嘎的。”听到这句话，内心自豪不已，为自己是南部人而骄傲。早出晚归的南部人，做食品的、开服装店的、上班的，他们匆忙的脚步，成了流动的风景。好人好事层出不穷，“全国孝老模范”“四川好人”王新就是南部人。

南部，你已经扎根在我心里，让我对你生出无限的崇敬和眷恋。勤劳纯朴的南部人，正用勤劳的双手描绘着南部美好的生活。南部，正在以崭新的姿态昂然在川北大地上，让古老的旧城焕发了新的容颜，发出绚烂夺目的光芒，谱写了清水南部如诗的篇章。让滔滔江水润泽着南部儿女的心房，让禹迹山的钟声穿过灵魂，时时奏响在耳旁，让桂花的芳香漂洋过海，让人间永远四季留香，让南部儿女永远驰骋在中华大地上，书写新时代更华美的篇章。

“天意谷”水韵

张爱玲说：“于千万人之中遇见你所要遇见的人，于千万年之中，在时间的无涯的荒野里，没有早一步，也没有晚一步，刚巧赶上了。那也没有别的话可说，唯有轻轻地问一句：‘噢，你也在这里吗？’”这是上天对他们的垂爱，是天意。与“天意谷”的邂逅，冥冥之中也是天意。清明节期间，我和朋友从重庆黑山谷旅游回家途中，朋友无意在手机中看到天意谷的瀑布很美，我们便不约而同地决定去那里看看。

关于天意谷的来历，有一段传说。相传公元前300百余年，秦军到蜀国后，直取巴人国都江州（今重庆）。巴国门户賨城广安失陷，秦军便兵临江州城下，国都指日可破。巴王为了留下后裔，以图东山再起，命巴王子率部退进大峡谷，借险关要隘堵住秦军进入。从此，这支巴人部落神秘地消失在这烟雾弥漫的峡谷之中。

来到天意谷，我被这巧夺天工、一高一低两道瀑布吸引住了。首先扑入眼帘的“天意谷”三个红色大字格外耀眼，心灵瞬间被温暖了。迎面的“飞瀑迎宾”高达数十米，势不可当地从对面的高山上飞泻而下，水声潺潺，卷起雪花万朵，像在迎接我们这些远道而来的客人。哗哗的声响，像千万匹战马齐头并进，争先恐后，呼啸而来，气势磅礴，真是“飞崖叠翠吼惊天”啊！宽大的瀑布像一块乳白色的大幕布，挂在翠绿的山间，让山因水而有了动感，水因山而柔情万千。翻滚的水花，跌落在下面的深潭中，发出“轰轰”的巨响。谭里水面漫过围栏，悄无声息地往外涌，形成一种安静的美，真是“月满则亏，水满则溢”。潭水铺天盖地往外涌，形成一道天然的瀑布。潭水像万千银针，密密地缝织着，织出一道乳白色的绸缎高挂在泉边。这一高一低，一大一小的瀑布，显示出激情与韵致。急流与舒缓、动与静、强与弱，形成了鲜明的对比。久居城市的我，不由得惊呼起来。这份惊喜，不亚于得到了心仪已久的奢侈品。人们嘻嘻哈哈的打闹声、赞叹声，应和着流水声在山谷间回荡。

一路上，大大小小的瀑布，一个有一个的情态，一个有一个的神奇，令人应接不暇。最引人注目的是“千丈瀑布”。在数百米高的山崖上，瀑布沿着峭立的岩壁飞泻而下，被撕成一块块，一缕缕。水声潺潺，飞花溅玉，在峭壁上形成一缕缕、一束束、一块块白色的图案，与峡谷内的潺潺流水相呼应。迷蒙的水雾在翠绿的山间升腾、萦绕，像神话中的仙境。远看它又像一道白色的水帘，好像银河从天而降。我被它深深地震撼着，“飞流直下三千尺，疑似银河落九天”的壮观与豪气在心头激荡。站在瀑布边，水花溅湿了头发、衣服，但心里感到惬意、凉爽、通透，所有的杂念都被水的纯洁、美好涤荡。

更让人拍手叫绝的是“洞中天河”，它是世界罕见的洞中瀑布，堪称亚洲第一。古人称“天意谷里拜三天，人生低谷得天意”，因此游天意谷洞中天河，让人很向往。在海拔两千多米的溶洞里，瀑布好像一条飞龙，腾空而下。浪花飞溅间，气势磅礴，震撼人心。头顶的天好像被捅开了一个窟窿，水一个劲地往下倒，在洞里形成一道天然的天河。哗哗的水声，像海啸从头顶呼啸而来，震耳欲聋，让人望而生畏。此时此刻，我深深领略到大自然的壮美与神奇。

顺着山势而上，溪流时而宽、时而窄。在一片开阔的平地上，那些奇形怪状的石头，被流水千百遍地抚摸，收起了原有的棱角锋芒，变得光滑圆润，静静地躺在水面，任人踩踏。这也是我们人生的真实写照：历经岁月的斑驳，磨灭了我们最初的青涩和任性，从而变得随和、谦恭和随遇而安。水流打着旋涡，在石头周围回旋、奔涌，继而拍打着岩石，溅起一大片白色的水花，形成数不胜数的圆圈，随水流慢慢扩散，变小，最终和流水融合在一起。躺在岸滩上，或坐在石头上，静听鸟兽虫鸣和水声敲打山石的脆响，尘世间的纷繁困扰统统被抛在脑后，亲近自然的喜悦与乐趣充盈并激荡在心间。吹着轻柔的风，望着旖旎而绵延的群山，绿意满眼，生命的鲜活昭然若揭，天地间唯我独尊的豪迈顿生。越往上走，溪流越窄，窄到只能看到前面的一线天。溪水仿佛与人们捉迷藏，时而从石头缝里蹿出来，时而从平地上冒出来。它是那样深沉、平缓，不急不速，仿佛是一位矜持的少女，犹抱琵琶半遮面，神秘与情趣交相辉映。不论是深涧还是小水滩，水面颜色富有而生动。有的像绿色的翡翠，明亮而鲜活；有的像黄色的绸缎，温暖而富贵；有的像褐色的巧克力，浓香诱人；有的像透明的矿泉水，清凉而爽口。

一路上，水声时而舒缓，像历经沧桑的老人，轻抚琴弦，云淡风轻，真是“低吟浅唱把风浮，翘首远望抱月还”；像空谷幽兰让人沉醉，内心极度安稳、平和；像怀春的少女，矜持而羞涩，安静而唯美。水声时而急，像风华正茂的青年，热血沸腾，意气风发，一往无前；像吹响的号角，慷慨而昂扬；像出征的将士，脚下生风、义无反顾；像奔腾不息的江河，心系远方。栈道边、小桥旁、瀑布下，争着拍照留影的人们，笑脸生动了这个春意料峭的初春，欢笑声和着哗哗的水声，一路欢歌，流向远方。

扑入眼帘的青山热水，像一幅连绵不绝的山水画卷。和煦的轻风徐徐而来，吹在身上惬意而舒适。潺潺的水声和鸟兽虫鸣，合奏出一首首天籁之音。望着这神奇的大自然，快乐一个劲地直往心里钻。天意谷的美是热闹的、生动的、充满诗情画意的；天意谷的美更是清新的、别致的、典雅的。天意谷的美超凡脱俗，它美在无穷的水韵里，永远流淌在人们心中。

樱花飘香的山村

听朋友说，昔日贫穷落后的南充世阳镇堰塘村，已被打造成“东坡长寿村”旅游景点。据说那里很好玩，最美的景致当数樱花了。历史的厚重感扑面而来，带着无限的虔诚和敬仰，我们决定去领略它的风采，一睹它的芳容。

在阳春三月一个阳光明媚的周末，我们带着快乐的心情上路了。一路上，山路曲折盘桓，柏油公路像一条窄带子延伸到连绵起伏的山峰间。道路两边，各色树木在枯草间展现出淡淡的绿意。山坡上、田野里，一大片一大片桃花、梨花、李花和杏花，或红、或白的花儿让这次旅途生动和鲜活起来。我们不由得发出一声声惊呼：“看，多美的花儿！像片片红云，像白色的花海！”“这是梨花，那边应是李花吧？”……越往里走，越觉山林的幽深，道路的遥远。不知拐过多少弯，不知翻过多少岭，我们终于迎来“山重水复疑无路，柳暗花明又一村”的惊喜。离目的地越近，心情反而更迫切起来。近了，更近了，眨眼间，“东坡长寿谷”五个黄色隶书大字，在朱红的牌坊上格外醒目，给偏远的小山村平添了几分神秘和庄重。我们迫不及待地买好票，进到景区，车在整洁的柏油路上行驶着。道路两旁紫红色的樱花，像列队欢迎我们的卫士，又像高贵典雅的美女，端庄、华丽。一树树、一行行、一排排，花开热烈，我心里莫名地激动起来。

打开车门，一股清新的空气扑面而来，空气中夹杂着淡淡的花香。泥土的馥郁，嫩草的清新，一股脑儿涌向我。我情不自禁地深吸一口，所有的疲劳顿消，感到神清气爽，一种久违的畅快在心底荡漾开来。一眼望去，映入眼帘的是旖旎的青山绿树和随处可见的樱花。田里蝌蚪成群结队游得正欢；一群群剑鸭在田里悠闲地游来游去，一会儿又在水里翻跟斗；老母鸡带着一大群鸡仔在地里觅食、奔跑；树上叽叽喳喳的鸟叫，生动了这寂静的小山村……我不仅发出感叹：好一片优美而宁静的世外桃源啊！

我们像一群顽皮的孩子，迫不及待地爬上特制的、可容几十人一起荡的大秋千。一群人奋力荡着纤绳，嘴里喊着号子。秋千悠悠晃动，忽高忽低，我的心儿忽上忽下，紧张和刺激并驾齐驱。纤绳一上一下，有节奏地摆动着，和着号子声，场面壮观而热烈，引得大家纷纷朝这边看，争先恐后地排起长队等着荡秋千。荡完秋千，我们每个人都大汗淋漓，脸上红扑扑的，嘴里直喘气。我想此时，任何高超的画家，都描画不出这生动的笑颜。

我们在攀登川东北最高的玻璃栈道时，留下了很多让人啼笑皆非的事情。在攀爬中，我望着直插云天的梯子，胆怯之心顿生，脚便不自觉地往后退。真是“云梯岂可进，百丈那能牵”。几个胆大的冲在前面，一边爬一边给我们鼓气。我们几个胆小的，畏畏缩缩，举步维艰，后来干脆闭上眼睛摸索着前进。好不容易爬到栈道顶上的玻璃站台，长长地舒了一口气。忽然低头看到玻璃下面的万丈深渊，腿肚不由得颤抖起来，索性一屁股坐在栈道上，再也不敢站起来。看到我们胆怯的憨态，大伙哈哈大笑起来。此时我们脸红脖子粗，心突突直跳。在别人的搀扶下，战战兢兢地站起来。深吸一口气，心情好了点，赶快调整视线，望着远方，居然体会到“一览众山小”的豪迈。头顶上的蓝天，仿佛触手可及，真是苍穹之下，唯我独高。下栈道时不再那么艰难，挑战了身体和自我的自豪感在心里升腾。我不由得感慨万千：爬高，不仅是挑战体力和勇气，还是对自我极限的挑战。忽然深深地体会到：人的惰性都是在安逸的环境里产生的，并左右着自己的意志，甚至迷失了自我。人不能满足现状、甘于平庸，只有不断挑战自己、不断成长，才能趋于成长为一个更好的人。横架在水面上的吊桥，虽然不高，但晃动很大，有了刚才挑战玻璃栈道的经历，我们便能轻松应对了。

坐在游船上，极目远眺，青山如黛，树木繁茂。游船在水面穿梭，浪花飞扬，水面生动起来。一边轻摇方向，一边欣赏扑入眼帘的美景，悠闲和舒适顿生。仿佛自己就是生命的主宰，随心所欲地驾驭生命的轻舟，抵达那幸福的彼岸。富有儿童情趣的儿童乐园，孩子们叽叽喳喳的欢笑，让笑脸更生动。

漫步在紫色的樱花小道，我被浪漫、高贵、略带忧郁的花儿震撼着，大朵紫白、紫红相间的樱花，一丛丛，一簇簇，在枝头曼妙而唯美，生动得如同婴儿的肌肤，如少女洁白无瑕的肌肤，我仿佛能闻到她散发出的淡淡的体香。

特色农家柴火鸡，是对每一个人尽兴玩耍后的犒劳。醇香而浓郁的美味，让人唇齿留香。伴着美丽的樱花，享受野炊的情趣与快乐，真乃人生一大乐事。这里的一景、一物、一人，都传递着一种精神，一种力量和情趣，独显东坡人的良苦用心。

面对如此静谧祥和的土地，我不由得对东坡精神肃然起敬。从人们口中得知，这里之所以叫“长寿村”是有来历的。苏东坡反对王安石变法后遭到排挤，奸臣对苏氏子孙追打杀戮，他们一路逃命到这深山之中，从此，世世代代生活在这片贫瘠的土地上。面对低矮的草房，闭塞的交通，封闭的大山，他们没有被困难吓倒，而是众志成城，不向命运低头，用勤劳的双手，开辟出一番新天地来。邻里之间和睦相处，人们安居乐业，涌现出许多长寿人，因而被评为“长寿乡”。

扶贫政策如春雨，滋润着人们久渴的心田，让这座沉睡了近百年的小山村，终于从噩梦中醒来，焕发出勃勃生机与活力，用崭新的姿态昂扬在世人面前，为祖国百年寿诞献上一份厚礼。

后 记

常言道："月是故乡明。"乡情和亲情，是我们一生的情感依托和生命源泉。尽管岁月流逝，世事变迁，但家乡的一草一木、一人一事，早已扎根在心中。对故乡的情与思，如一杯醇厚的米酒，历久弥香。家乡优美的风景，质朴善良的乡亲和亲人，是我创作的源泉，激发出我强烈的创作灵感。我迫不及待地想使他们从我的笔端奔泻而下，让更多的人知道他们、了解他们。我创作的这本散文集，从表现手法到语言的运用，从思想内容到作品结构的组建，都来源于农村原生态的生活。清新质朴的语言、真挚的感情，非常贴近生活。"真与情"是我这本散文集的灵魂，在我眼里，万物都有灵，万物都有情。家乡父老的质朴、善良、坚韧、热情，如一幅画卷，跃然纸上，像从故乡吹来的一股清新、质朴、希望的风。它吹走了寒冷、荒凉和冷漠，让世界呈现出浓浓的亲情、温情和人情，希望这股清新的风能越吹越远，吹向人间遍地花开。

作 者

2021年4月